龙旗与鹰徽

刘萍　高明见　著

——中德胶州湾之战

作家出版社

目

录

问我名字呀

秦皇在这里登临望海，徐福从这里远渡东瀛，五四运动也因她而起。她是谁？

"一千个人眼中有一千个哈姆雷特。"

一

十九世纪中叶，一个神秘的德国人开始了他独立研究的神秘中国之旅。他来到北京的总理衙门领取护照，颇有心计地遵照朋友建议，将姓氏由最初的"栗"有意识地改译成"李"，与如日中天的李鸿章同姓，希望能在清朝地方官员接洽中提高身份。其后，他携一个翻译和一个仆人，以上海为基地，历时四年，七次旅行，对大清帝国十八个行省中的十三个进行了地理、地质考察。

这次考察，偏于一隅的齐鲁大地牢牢吸引住他的视线，胶州湾成为中国漫长的海岸线里他最倚重的海湾，而他最情有独钟的，是默默地安守于胶州湾底部的年幼的她。

彼时的她，淳朴天成，满身尘埃，透过她褴褛的衣衫，稚拙的气质，他用鹰一样敏锐和犀利的眼睛，看到的却是她令人垂涎的天生丽质和巨大的军事、商业潜能。在他的著作《中国》里，她被给予极致的赞美和最无上的看重，是可以走向世界的、具备"军事基地和商港"的双重定位的、镶嵌在胶州湾底部的一颗璀璨的明珠。

他发现了她的绝世魅力。

他借此一跃成为全球名人，对十九世纪末二十世纪初的德国"世界政策"产生巨大影响。他就是近代德国著名的地理地质学家费迪南·冯·李希霍芬。

历史进入二十世纪初年，彼时，在西半球，欧美的艺术家正在酝酿着新世纪的突破，罗丹正在他的工作室里雕塑，雷诺阿、德加、塞尚已处于创作晚期，马奈早就展出他的《草地上的午餐》。而在东半球，她的绝世魅力终于引来了残酷的掠夺和杀戮。

1897年，德国借口传教士被杀，出兵占领胶州湾，把山东划为其势力范围。在报请德皇威廉一世批准的军事计划中，李希霍芬考察结论被多次引用。1897年11月14日，德国的军舰在清军毫无防备的情况下轻而易举从栈桥登陆，随后迫使清政府签订了《胶澳租借条约》，当鹰徽的利爪划破摇摇欲坠的大清龙旗，1891年才开始建置的年幼的她就这样落入了日耳曼之鹰的爪牙之下，从此揭开了一段影响深远的历史，《龙旗与鹰徽》的故事就从这里开始。

二

历史的车轮在战火纷飞中跌跌撞撞地向前滑行着，年幼的她注定在战火纷飞中辗转得满目疮痍，也在满目疮痍中走向了中国和世界的历史舞台，饱经磨难的她骄傲地涅槃成一只美丽的浴血凤凰。

1914年，德皇威廉二世对英宣战，悍然发动第一次世界大战，日本借口对德宣战，她美丽而残破的身躯成为第一次世界大战的亚洲分战场。随后在巴黎召开的和平会议上，作为战胜国的中国却被要求将德国在山东的特权全部转交日本。她，引发了震惊世界的五四爱国运动，见证了辛亥革命、反袁护国的革命风暴，目睹了革命先驱孙中山的伟人风采……

中山先生垂青于她。曾赞美道："足可作为以后中国城市开发的模范，若我们五百个县每县有十人到此参观，无论行政管理、市区、道路、码头、海港、大学、造林、公共建设、管理官衙，都应加以学习，对中国将有无比的好处。"

中山先生还对其"土地涨价归国有"的"地政经

验"十分赞赏,并将其视为"全中国楷模"。后来,孙中山因看到了其在探索中国土地改革中的现实意义,将之融入自己的理论,最早提出了"土地国有,涨价归公"的主张。

她在战火和动荡中淬炼出来的独特气质也引发文人墨客的赞誉无数。康有为深深陶醉于她的山风海韵、春花秋月,道"青山绿树、碧海蓝天、不寒不暑、可舟可车、中国第一"。梁实秋说她是"房屋建筑,屋顶一律使用红瓦片,山坡起伏绿树葱茏之间,红绿掩映,饶有情趣"。郁达夫看她是"以女人来比喻,她像是一个大家的闺秀;以人种来比喻,她像是一个在情热之中隐藏着身份的南欧美妇人"。

三

她是谁呢?

一千个人眼中有一千个她,一个人眼中她有一千个风姿。

时光流转至二十世纪后半叶,她风华正茂,明媚动人,我成为她的女儿。那是岛城一个冬天的早晨,太阳从海上升起,照亮每扇拉开帘幕的窗子,塔楼的钟声穿越海雾中的城市,海的反光、山脊线蜿蜒的风情、低缓的男中音似的汽笛声,与哗哗的海浪声氤氲在一起,法国梧桐高大的枝杈勾勒出街道上方美丽的天空。在这样一个早晨，我出生在她的怀抱，她挺拔、灵秀、湿润、婉约的气息一点一毫形成了我生命的脉络。从青岛二中毕业后，进入国防大学学习，我又幸运地重回到她的怀抱，工作着，生活着，成长着，而不是干涸在没有海风拂面的异地柏油的"沙漠"里。她的怀抱，是灵动的、变化的、包容的，而我，自在地成为一尾自由游弋的鱼。

她用山的挺秀、海的柔情哺育我十八载，我成为她的军人。在她强有力的臂弯里，从海军航空学院到海军潜艇学院，戎装职场十八年，从一个长发白裙的寻梦女孩成长为金戈铁马挥洒人生的海军女军官。沿着她绵长起伏的海岸线，海面泛着青烟似的薄雾，涛声和着战舰汽笛声久久回荡着，波浪裹着"蓝鲸"在深海处奔涌着，凝聚着一种无法言说的神秘和威武。她的臂弯终将我们每一个军人淬炼出军人的血性与灵肉、坚韧与刚强，并将一个个群体锻造成铮铮精钢，这块块精钢就铸成了保家卫国的铁壁铜墙，九死不悔的人民子弟和国之兵将。

历史的车轮终于驶进辉煌的二十一世纪，她英姿勃发，万千风雅，我成为她的公务员。作为市委办公厅的一员，辛勤耕耘在她的领地里，每一栋建筑是会呼吸的，每一条街道是会思考的，每一片社区是有情感的，不同的历史、不同的街道、不同的面孔，注视着同一片大海。她的命运就是我们的命运，我们在接纳中融合，在融合中创造，在创造中发展，一起用心灵用智慧用忠诚讲述这座城市光阴的故事，她的故事，向着更时尚更大气更前卫更深远发展着脉络。

她是谁？问我名字呀！

我走来啦，
准备好了吗
迎接我啊
问我名字呀
青岛！

我正强大
朝气喷发
披满天彩霞
前程无涯
问我名字呀
青岛！

我正壮大
意气风发

迈圆梦步伐

昂扬直跨

问我名字呀

青岛!

　　她的未来不可言说，引无数期待。而她百年历史的扉页却是神秘和悲壮，难以言说。在2000年应学苑出版社之邀，和张继国先生共同完成出版《飘与纵——中国近代海战场丛书·青岛篇》之时，我起意在银幕上讲述她百年历史的童年故事，得益于作家出版社之垂青，如今，终于和高明见先生共同完成出版这一电影剧本。

　　茂长鲜活的思想，浩繁辛苦的记录，焦灼疲乏的身心，孤独诚实的劳动，电影剧本《龙旗与鹰徽》就是这样一种状态下的产物。它茌苒了我十八载的华年时光，它终于揭开了她百年历史的扉页。它的出现，当然有缘故，有来处，我更盼望，它有去处，有更精彩的去处!满怀着虔诚期待的心企盼来自社会各界和广大读者的宝贵意见和鼎力支持!

　　谨以此书致敬五四运动一百周年和中华人民共和国成立七十周年。

刘萍写于青岛 2018.2

剧中主要人物

章高元　青岛镇首任总兵，青岛建置的开创者，五十岁出头。曾参加台湾抗法战争和甲午抗日战争，作战勇猛，身先士卒，不惧子弹，人称"章迂子"。1892年任胶澳（青岛）总兵，修筑了胶澳镇守衙门、兵营、炮台、军火库、电报局和前海栈桥码头，修通了到胶州的大路，数年使青岛口成为拥有七十余家店铺的港口城镇和海防要地。晚年居于上海，1912年去世。

姜海龙　二十余岁，英武潇洒，武艺高强，章高元亲兵队长，抗德义勇军副头领，章高元养女水月姑娘的恋人。

傅二　三十岁左右，剽悍勇武，武艺高强，章高元爱将，与胡善成女儿胡青衣相爱，巡营哨官，千总职务，抗德义勇军头领。

水月姑娘　十八九岁，娇柔可爱，襁褓时由琴心道长在天后宫门口收养抚养成人，章高元调防青岛后被章高元夫人认为义女，姜海龙的恋人。

胡青衣　十八九岁，英姿飒爽，性格开朗，为胡善成女儿，傅二的恋人。

章夫人　四十余岁，端庄贤淑。

胡善成　五十余岁，青岛商人，祖上曾为天后宫捐地以作庙基，琴心道长的常客好友。

阿菊　四十余岁，胡善成妻子，章夫人的好友。

傅青山　年近七旬，傅二伯父。曾为捻军遵王赖文光手下将领，寿光大战中侥幸逃脱，遂隐居埋名在老家胶州塔埠头。

范钦　章高元副将。

孙璋　章高元幕僚师爷，五十岁上下。

琴心道长　六十岁左右，青岛天后宫监院，太清宫一了道长高徒，善抚琴。

一　了　太清宫道长，八十岁左右，须发皆白，仙风道骨，德高望重。

刘一葫　绰号一葫道人，六十岁左右，高大威猛、须发如戟，平常以道装面目出现，即墨大刀会教头，以大刀、铁葫芦为兵器，会金钟罩，后加入义和团，战死。

黄举人　即墨举人黄象毂，曾串联山东举人一百零三人，联名上书都察院，告发德兵毁即墨文庙圣像事。

孙文　高密抗德修铁路的首领，五十岁左右。

李金榜　高密武秀才，四十余岁，孙文部下。

孙成书　三十岁左右，孙文儿子。

夏辛酉　登州总兵，清末骁将，剽悍勇敢，奉命驰援章高元。

李秉衡　五十岁左右，山东巡抚，主战派。胶澳事件中因强烈要求抵抗而被撤职。

王文韶　直隶总督兼北洋大臣。

李鸿章　晚清名臣，洋务运动的主要领导人之一，安徽合肥人，世人多尊称李中堂，官至直隶总督兼北洋通商大臣，授文华殿大学士，曾代表清政府签订了《越南条约》《马关条约》《中法简明条约》等。日本首相伊藤博文视其为"大清帝国中唯一有能耐可和世界列强一争长短之人"，与曾国藩、张之洞、左宗棠并称为"中兴四大名臣"，与俾斯麦、格兰特并称为"十九世纪世界三大伟人"。

荣禄　满洲正白旗人，清朝大臣，政治家。出身于世代军官家庭，因为受到慈禧太后的青睐，留京任步军统领，总理衙门大臣，兵部尚书。辛酉政变后，为慈禧太后和恭亲王奕訢赏识，官至总管内务府大臣，加太子太保，转文华殿大学士。

翁同龢　咸丰六年（1856）一甲一名状元。官至协办大学士，户部尚书，参机务。先后任同治、光绪两代帝师。光绪戊戌政变，罢官归里。中国近代史上著名政治家、书法艺术家。

光绪　清德宗爱新觉罗·载湉，清朝第十一位皇帝，定都北京后的第九位皇帝，在位年号光绪，史称光绪帝，在位三十四年。

慈禧　六十余岁，即孝钦显皇后，叶赫那拉氏，咸丰帝的妃嫔，同治帝的生母。晚清重要政治人物，清朝晚期的实际统治者。

奕訢　清朝末年的恭亲王，洋务派在中央的首领，晚清新式外交的开拓者，他出谋划策镇压太平天国起义，挽救清朝危机，迎来同治中兴。庚子事变（1900）时，因卷入义和团运动又被夺去一切职衔。

张荫桓　广东人。曾为总理衙门大臣，兼户部侍郎，赏加尚书衔，从此一身兼负外交、财政两大重任，成为清廷重要大臣之一。

张汝梅　山东巨野教案后，继李秉衡任山东巡抚，清政府令其加紧镇压济宁、单县、寿张等地的大刀会，抵任后主张持平办理民教纠纷，奏报"查明义民会即义和团，并未滋事"。在处理直隶、山东交界赵三多、阎书勤义和拳的过程中，一面佯作包围之势，一面派新署任冠县知县曹倜前往梨园屯招抚义和拳民，他虽将各乡义和团编列保甲团防内，义和团仍在山东继续发展，清政府责其弹压无力，遂革职。

毓贤 清代酷吏，继张汝梅之后任山东巡抚，暗中扶持义和团。

袁世凯 中国近代政治家、军事家，北洋新军的创始人。继任毓贤为山东巡抚，积极镇压义和团、大刀会。

威廉二世 末代德意志皇帝和普鲁士国王以及霍亨索伦家族首领，策划了侵占胶澳事件，也是第一次世界大战中闪电战计划创始人。1941年威廉在荷兰多伦病逝，被葬于多伦庄园。

迪特里希 德海军少将，德国驻上海舰队总司令，1897年11月14日带领舰队攻占胶澳。

罗绅达 德国海军大校，胶澳首任德国总督。

叶世克 德军上校，恺撒号舰长兼分舰队参谋长，继任德国总督。

安孟　德军上尉，副官。

昆祚　德国基督教路德教会传教士（当时兼任德胶澳总督顾问），神父、间谍。

卫礼贤　德国传教士，德国汉学研究影响较大的人物。他以一名传教士的身份来到青岛，转而将兴趣和精力投向办教育、办医院，从而踏入探究中国传统文化的门径，他是中西文化交流史上"中学西播"的一位功臣。其代表作品有《大学》（德文译本）、《论语》（德文译注）、《孟子》（德文译注）等。

亨利亲王　威廉二世的弟弟。于1898年5月来华，担任德国第二舰队总司令，夫人伊伦娜随行来华。清廷接待德国亲王的具体礼仪问题由此被提到了议事日程，并引发了清廷接见礼仪的变革，光绪皇帝在甲午战争之后，锐意改革，其中就包含外交礼仪方面的改革。

尼古拉二世　俄罗斯帝国末代皇帝（1894年到1917

年在位），他登基之时，沙皇制度已经开始摇摇欲坠，他对外扩张、对内改革却不尽如人意。其执政末期俄罗斯先后爆发了波澜壮阔的二月革命和十月革命，前者推翻了他的统治，后者结果了他的性命。

海靖　德国驻华大使。

李希霍芬　费迪南·冯·李希霍芬（1833－1905），德国著名的地理学家、地质学家。1860年和1868年，他先后两次来中国进行地理、地质考察，撰写出对中国地质发展产生重要影响的鸿篇巨著——《中国》。1877年，他曾专门提交报告《山东地理环境和矿产资源》，文中强调青岛之优越的地理位置，并渲染胶州湾良港之说。1872年，李希霍芬返回德国，受到威廉二世的嘉奖和赏识，学术和社会地位青云直上。

西摩尔　爱德华·霍巴特·西摩尔（1840－1929），英国海军元帅。曾参与第二次鸦片战争，指挥八国联军侵华战争。

第一部分

曹州巨野教案

1. 山东曹州府巨野县磨盘张庄教堂院墙 夜 (雷雨) 外

（字幕：1897年11月1日深夜）

电闪雷鸣，大雨倾盆。

教堂院墙外，埋伏着几个蒙面黑衣的大刀会成员，闪电下，钢刀闪闪发光。墙上趴着一人，紧紧盯着教堂内亮灯的房间。房间内，隐隐约约有三个人在交谈。

2. 教堂寝室 夜 内

教堂内寝室，本堂神父薛田资和来访的德国传教士韩·理加略、能方济三人长夜深聊。墙上的挂钟响起，薛田资看了一眼已是深夜十二点，伸了个懒腰，说："二位神父，已经深夜了，不打扰二位休息了，明日再谈。就请二位在此安睡吧。晚安。"

韩·理加略、能方济起身相送。能方济说："薛田资神父，我俩在这儿睡，您到哪儿睡啊？"

薛田资说："外面耳房有一张床，我到那儿睡。"

能方济笑说:"中国有句古话叫鸠占鹊巢,说的就是我们俩吧?"

三人大笑,分手,各自关门关灯安寝。

3. 教堂院墙 夜 外

墙头上的黑衣人看到灯灭,低喊一声:"行动!"

翻身跃下墙,墙外几人飞身跃墙,悄无声息冲向教堂直奔寝室。一人踹开门,寝室内一人惊喊:"是谁?"随即点亮了灯,但见刀光剑影下几声惨叫,然后归于死寂,唯闻雷声霹雳。

一名黑衣人的声音:"咦?怎么只有两人?还有一个去哪儿了?"

另一名黑衣人:"搜!"

领头黑衣人:"不要找了,快撤!"

几人鱼贯而出,翻越围墙消失在雨幕中。

4. 教堂内 夜 内

耳房的门开了一道缝,一只惊恐的眼睛看到了这一幕。

黑衣人散去后,门打开,惊恐万状的薛田资跑进寝室,看到了倒在床上满身是血的二位神父,大喊:"来人啊!快来人啊!"又冲向院子,敲响了挂在外面的钟。

5. 北京总理衙门　日　内

直隶总督王文韶与几名手下在忙着看各地的奏报、电报。一名守卫急匆匆进来报告："报各位大人，德国公使海靖大人到。"

没等王文韶开口，海靖闯进来，一把推开守卫，后面还有两个守卫跟进来，连说："不能硬闯！不能硬闯！"

海靖怒气冲冲回手打了一名守卫一巴掌，守卫捂着脸委屈又无奈地望向王文韶。王文韶挥挥手说："退下吧。"

三名守卫退下。

王文韶满脸堆笑，说："海靖大人息怒，息怒。来呀，看座，奉茶。"

海靖不坐，说："不必了。我来问问王大人，昨天在曹州，我们德意志的两名神父惨遭杀害，贵国打算怎么处理？总得给我个说法吧？"

王文韶大惊："有这等事？"

转向其他人："地方上可有奏报？"

下边人一阵乱翻，纷纷说没有。王文韶对海靖说："抱歉，海靖大人，总理衙门还没有收到奏报，烦请大人先回，我马上调查清楚，如果情况属实，一定给贵国一个满意的答复。"

海靖鼻子哼了一下，傲慢地说："我只给你们二十天的时间。"

海靖怒冲冲离去。王文韶手下人哑了一声，嘀咕道："什么东西!"

王文韶瞪了手下人一眼，说："洋神父被杀，我等一无所知! 山东巡抚李秉衡是怎么当的? 还不快去发电报问问到底是怎么回事?"

手下人连忙答应："是，是。"躬身欲退出。

王文韶喊住："等一等。记着在电报上告诉李秉衡，如果情况属实，尽快派能员破案，就给他十五天时间，洋大人等着要结果呢! 这事若办不好，等着摘顶子吧!"

手下人："是，是。"退出。

6. 巨野县衙大堂　日　内

臬司毓贤、兖沂道锡良、曹州总兵万得力、巨野知县许廷瑞坐在大堂上，毓贤说："我奉抚台大人严命，督查张庄教案一事，抚台大人限令十五日结案，时间很紧啊。各位大人需通力合作，不得懈怠推诿。"

三人起身拱手，连连说："臬司大人放心，我等分内之事，岂敢推诿。"

毓贤问知县："许大人身为巨野知县，可有何线索？"

许廷瑞起身回答："禀枭司大人，尚无线索。我仔细询问了幸存的薛田资神父，他当夜在耳房安歇逃过一劫，从门缝里只看到几个黑衣蒙面人，动手杀人干净利落，似乎是练家子所为。现场也没留下任何蛛丝马迹。着实无从查起。"

毓贤问万得力："大人身为曹州总兵，可知治下有没有不法刁民结社起事的事情？"

万得力起身答："禀大人，目前尚且没有这方面的消息。若是有，我早带兵把他们严办了。"

毓贤再问："洋人建教堂、传教，当地百姓可有怨言？"

许廷瑞："这个倒是在所难免，教堂用地与一些百姓是有过争执，不过在我的调解下早已了结了，他们也不会因为这事去杀洋人。还有，德国神父也发展了一些教民信洋教，当地人很瞧不起他们，称他们是二毛子。而这些教民又自认为有洋人撑腰，也有些欺压当地人的行为，矛盾还是有的。"

毓贤说："那就是了。必是这些与洋人洋教有矛盾的不法之民勾结起来做下的事！许大人，你速速将以往这些跟教堂、洋人神父和教民有过争执纠纷的百姓全部缉拿，一个都不能少！抓起来严刑拷问，必有结果。"

许廷瑞："大人，不可！这些人都是寻常百姓，就算有些争执纠纷，断不会为了这个去杀人。何况，据薛田资神父说，那些凶徒身手矫捷，必是有功夫在身之人所为，绝不是平民百姓。望大人慎重！明鉴！"

毓贤："半夜里黑灯瞎火的，薛田资一个吓傻了的人，隔着门缝哪看得出凶徒身手如何？上头只给了我等十五天期限，若照许大人那样查下去何时才能结案？你担得起这个责任吗？"

许廷瑞："卑职不敢，卑职担不起！"

毓贤："那还不去做！"

许廷瑞："是，卑职领命。"

毓贤对万得力："万总兵，你安排军队，协同许知县抓人，此事宜早不宜迟，迟了我等都担待不起。"

万得力："卑职领命！"

7. 街头　日　外

官兵分头拿人，到处鸡飞狗跳。

8. 张寡妇饭店　日　内

一队官兵闯进了开饭店的寡妇张高妮店内，不由分说就把张高妮抓获。张高妮大喊："凭什么抓我？我犯了什么罪?"

官兵头目说:"少废话,去了衙门你就知道了!"

9.哑巴惠二家　日　内

一队官兵踹开了哑巴惠二的屋门,哑巴惠二身着重孝,正为他逝去的老娘守灵,官兵不由分说将他抓走。

10.街上　日　外

两个游手好闲的二流子正在集市上东张西望,看见一队官兵朝他们而来,扭头就跑,官兵追上来双双抓获。

一个小贩正在卖水果,一队官兵冲上来不由分说将他抓住带走。

11.城门楼　日　外

数日后,张高妮、哑巴惠二等九人的头颅被挂在了城门楼上示众。城墙贴着官府的告示,一人在大声朗读:"……张高妮、惠二、王大脚、雷继森、贾东洋、高大青、萧盛业、姜三绿、张允九人,见财起意,伙同作案,深夜闯入本县张庄教堂劫掠,杀死德国神父两人,已供认不讳,特明正典刑,以儆效尤……"

一老者叹气道："草菅人命，草菅人命啊!"

围观百姓摇头叹息退去。

12. 德国柏林皇宫　日　内

（字幕：1897年11月某日）

德皇威廉二世、亨利亲王、首相霍恩洛厄、地质学家李希霍芬在皇宫商议如何拿下胶州湾的事。

威廉站在桌子旁，手里抚弄着巨大的地球仪，说："李希霍芬博士，你来介绍一下你在清国考察的情况吧。"

李希霍芬鞠躬，说："好的陛下。我奉德皇陛下委托前往清国考察，为德意志帝国寻找一块阳光下的地盘。数年来我走遍了清国的各处海湾，发现只有一个地方最适合德国。"

威廉二世着急地问："是哪里?"

李希霍芬说："是山东的胶州湾，陛下。"

威廉二世转动地球仪，找出了山东的位置，李希霍芬凑上去，指在了青岛的位置，说："通过我的考察，我认为胶州湾是从上海到辽宁之间唯一的天然良港，而且胶州湾地理位置险要，如果在这儿建立德意志帝国的海军基地，易守难攻。并且山东物产丰富，地下蕴藏着大量的煤炭资源，以胶州湾为跳板，可以控制整个山东的经济命脉，成为我德意志帝国的无尽财源。"

威廉二世兴奋地说："好，好，太好了！李希霍芬博士，除了你，我还安排了上海舰队司令员迪特里希少将，还有驻清大使海靖先生分别进行考察，他们给我的建议同您一样，都是胶州湾！"

众人哈哈大笑。

威廉二世继续说："去年，我已经命海靖大使向清国的总理衙门提出了租借胶州湾的要求，可是被他们一口拒绝了。看来，和平的方式不适用于清国。"

首相霍恩洛厄说："皇帝陛下说得没错。清国的公使许景澄先生，曾经派他的手下参赞金楷理极秘密地暗示我：要在中国取得一个巩固的、受人尊敬的地位，只有干脆夺取一个港口据为己有。金楷理还说，中国人绝对不会懂得和平的方式，只有武力才是他们唯一听得懂的语言。俄国人就是掌握了对付他们的方法，采用武力获得了大量的土地和财富。"

亨利亲王满脸的疑惑，说："清国的公使，怎么会做出出卖国家的叛国行为呢？"

威廉二世微微一笑，说："我想，许景澄公使绝对不是叛国行为，而是许公使实行李鸿章'以夷制夷'的策略呢。我们在青岛的神父昆祚也向我汇报了一个绝密情报，俄国早已同李鸿章签订《中俄密约》，租借胶州湾十五年。我想，许大使的行为应该是受了李鸿章的授意，故意告诉我们这个消息，怂恿德意志帝国介入胶州湾，引发德俄争斗，以夷制夷呢。中国有句古话叫鹬蚌相争渔翁得利，李鸿章是想让我们和俄国做鹬蚌呢！"

众人又大笑。

亨利笑着说："这么说，我们不必担心清国的防务，我们只需要担心俄国会不会允许我们武力占领胶州湾就可以了？"

威廉二世说："没错。"

转向首相霍恩洛厄："首相大人，你马上发电报给驻俄大使，让他尽快联系俄方，我想我得亲自去见见俄国皇帝，谈一谈胶州湾的事了。"

霍恩洛厄鞠躬："是，皇帝陛下。"

退出。

门外侍卫官进来，呈上一份电报，说："皇帝陛下，驻清大使海靖大人电报。"

威廉二世接过来看完电报，脸上露出兴奋的表情，说："太好了！真是太好了！清国终于给了我们一个出兵的绝好理由！"

亨利接过来看完，也兴奋地说："巨野教案？杀了我们德意志的神父？这可真是绝佳的出兵机会啊！皇帝陛下，请允许我带领德意志的无敌舰队荡平青岛，保护我们的公民！"

威廉二世："来不及了，从德意志出发到清国需要几个月的航程，攻取青岛、拿下胶州湾的光荣任务就交给迪特里希少将吧。你马上组织第二舰队准备启程增援迪特里希。我得尽快拜访亲爱的俄皇尼古拉二世了！"

13. 俄国皇宫门前　日　外

尼古拉二世亲自迎接到访的威廉二世，二人见面相拥，携手进入皇宫。

14. 俄国皇宫内会客室　日　内

尼古拉二世："尊敬的德皇陛下，您不辞辛劳来到俄国，是不是有什么重要的事情？"

威廉二世："尊敬的俄皇陛下，您说得没错，我这次来到贵国，确实是有重要的事情跟您商量。"

尼古拉二世："哦？说说看，什么重要的事情能劳烦德皇大驾？"

威廉二世："现在西方各国都在清国有立足之地，德国至今还没有啊。我想请俄皇陛下帮忙，也在清国租借一个港湾，这还不算大事吗?"

尼古拉二世哈哈大笑，说："您可真会开玩笑！这事您应该找清国的朝廷才对啊，我能帮得上什么忙?"

威廉二世一笑，说："是的。但问题是，若得不到俄皇您的首肯，我是得不到这个地方的。"

尼古拉二世惊讶地说："您说的港湾，是哪里?"

威廉二世站起来，走到地图边，举手指向了两个地方说："是这儿，大清国的旅顺港和大连港，我想拿下这儿，作为德意志的港湾。"

尼古拉二世惊讶地张大了嘴，说："这……这，这可是清国的海港，我怎么可能有权给您呢?"

威廉二世笑，说："我知道，我知道。这是清国的海港，我要是攻取它拿下它不费吹灰之力，但我更知道，整个辽东可都在您的势力掌控之下啊，所以我只能找您谈了。"

尼古拉二世脸色难看，支支吾吾说不出话。

威廉二世哈哈一笑，说："尊敬的俄皇陛下，请原谅我，我是跟您开玩笑的。旅顺大连当然会成为您的不冻港，我可不想染指这两块宝地。"

尼古拉二世表情放松下来，说："那，德皇陛下，您到底看上了哪儿?"

威廉二世在地图上一指胶州湾，坚定地说："我要拿下胶州湾！"

尼古拉二世笑了，说："您这玩笑又开大了，胶州湾是清国的国土，我可没权力转让贵国。"

威廉二世："可是据我所知，您与清国是有密约的，租借胶州湾十五年，我说得没错吧？俄皇陛下。"

尼古拉二世脸色又有些尴尬，说："不错，但那也只是租借，我却无权转让啊。"

威廉二世："只要俄皇陛下默许，我自己去拿。胶州湾虽好，但离俄国太遥远，并不适合您。旅顺大连才是您的首选。但是您若舍不得胶州湾，我就只好去拿下旅顺大连了，我在上海的舰队已经出发了，只怕那时于我们两国都不方便。所以，您允许我取胶州湾，我支持您拿下旅顺港大连港，对我们是最好的选择。您看如何？"

尼古拉二世沉吟一会儿，说："好！一言为定，我放弃胶州湾，但您要支持我占领旅顺大连！"

威廉二世："一言为定！"

两人哈哈大笑着拥抱在一起。

【画外音】李鸿章以夷制夷的策略，至此演变成夷夷勾结，共同瓜分中国的悲剧。

15. 上海吴淞口海上　日　外

（字幕：1897年11月10日）

迪特里希少将率领7650吨的旗舰"恺撒"号（S.M.S. Kaiser）、4300吨的"威廉王妃"号（S.M.S. Prinzess Wilhelm）、5200吨的"鸬鹚"号（S.M.S. Cormoran）、4300吨的"伊伦娜"号（S.M.S. Irene）、2370吨的"阿克纳"号（S.M.S. Arcona）五艘铁甲战舰一字排开，缓缓驶离港口。以鹰徽为标志的德意志国旗在海风中猎猎作响，国旗上面黑色的鹰徽图案鼓翅张爪，面目狰狞。

16. 旗舰恺撒号作战指挥室　日　内

德国舰队司令员迪特里希少将、大校罗绅达、旗舰舰长上校叶世克、上尉副官安孟及其他四舰舰长八人在开会。

迪特里希站在地图前盯着地图沉默不语，其他人诧异地看着。罗绅达终于忍不住，问："司令官，我们这是要去哪里？执行什么任务？"

迪特里希用手指指向青岛，然后画了大大的一个圈，说："青岛！胶州湾！我们要去胶州湾！我们将去完成皇帝陛下要求在大清拥有一块'阳光下的地盘'的神圣使命！"

迪特里希转过身来，对安孟："安孟上尉，请宣读德皇陛下的电令。"

安孟："是的，司令官。第一个电令：帝国驻上海巡洋舰队司令官：全部舰队立即开往胶州，占领合适的据点和村庄，而且以你认为最好的方式，使用最大可能的力量，坚决地去获取最充分的满足。此行目的必须保密。第二个电令：欣悉你已率舰队向胶州湾进发，朕感到无比宽慰。命你抵达后立即占领重镇要冲，为保证永久占领该地，朕即将命吾弟海因利希（亨利亲王）为第二舰队司令官，亲率舰队增援尔。"

众军官欢呼万岁。

迪特里希召开军事会议，研究如何拿下青岛。他冲副官安孟说："安孟上尉，地图。"

安孟："是。"从公文包里拿出一幅手绘地图，平铺在桌面上。

迪特里希以手指点着图上的位置，说："各位请看，这是昆祚神父为我们精心绘制的清军布防图，清军驻青岛兵力有四营，骧武营、广武营、嵩武营、炮兵营，以及总兵府的直属部队，总共两千余兵力。炮兵营分为三处设有炮台，一处在团岛，这儿也是清军军火库的位置；一处在总兵衙门前，称衙门炮台；而主要的炮兵兵力布置在青岛山。这三个炮台，左中右互为犄角，将整个胶州湾囊括在大炮射程之下。"

众人仔细地看地图。

迪特里希继续说："我们五条战舰，不到一千人，清军两倍于我军，所以如果硬攻，我们的战舰，根本无法靠岸。而且根据昆祚神父的情报，青岛总兵章高元作战勇猛，很会带兵，战斗力在清国可算是佼佼者。所以就算我们上了岸，也没有把握占领青岛。"

军官面面相觑，叶世克："那我们怎么办？请求支援？"

迪特里希："来不及了，现在是最好的战机，中国人杀了我们的神父，给了我们出兵的理由，让我们占据了道义的高地，如果拖下去，曹州教案事情了结了，我们就丧失了用兵的借口，其他的国家就会纷纷站出来干涉。所以我们必须执行皇帝陛下的命令，夺取胶州湾！"

叶世克："司令员，怎么个打法，您下令吧。"

迪特里希扫了大家一眼，说："我决定偷袭！用光明正大的理由偷袭青岛！"

众军官面面相觑，疑惑不解。罗绅达："司令员阁下，您可把我们弄糊涂了，光明正大如何偷袭？"

迪特里希说："我决定，以上岸休整、借地演习的名义麻痹他们，趁其不备夺下他们的炮台，控制他们的兵营，兵不血刃，逼迫章高元退出青岛。"

罗绅达："如果他们有防备，偷袭不成呢?"

迪特里希："那就是一场血战，是上帝考验我们德意志军人战斗精神的时刻! 是我们为皇帝陛下尽忠的时刻到了!"

众军官挺身："是!"

罗绅达："司令员阁下，请您部署作战任务吧!"

迪特里希："我决定，伊伦娜号、阿克纳号两舰停泊在清军炮火的射程以外，作为后援，必要的时候实施炮火支援。"

伊伦娜号、阿克纳号的舰长："是!"

迪特里希："鸬鹚号悄悄绕向后海的马蹄礁一带登陆，伺机偷袭团岛炮台，拿下军火库! 并将炮口对准广武营、骧武营，然后迅速布防，完成对清军北线的包围!"

鸬鹚号舰长："是!"

迪特里希："威廉王妃号，绕过小青岛的南侧登陆，兵分三路;一路控制嵩武营（今中国海洋大学），一路夺取青岛山炮台，将炮口对准嵩武营，一路由信号官佩林伯爵带领，抢占挂旗山（信号山），负责架设信号台，作为舰队临时总指挥所，我和罗绅达大校将会在那里指挥战斗。"

威廉王妃号舰长："是！"

迪特里希："恺撒号，正面栈桥大码头登陆，上岸后兵分三路。一路控制骧武营（今青岛市公安局址），一路控制广武营（火车站附近），一路由上尉安孟带领，前往总兵衙门附近驻扎，伺机夺取衙门炮台，调转炮口控制总兵府！"

恺撒号舰长叶世克："是！"

迪特里希："等所有战斗任务完成，我会送上勒令章高元退兵的通牒，逼迫章退出青岛。"

众军官："万岁！万岁！万岁！"

第二部分

大意失青岛

17. 青岛总兵衙门广场前大街　日　外

（字幕：1897年11月13日下午）

青岛总兵衙门前广场上，大清国的黄龙旗低垂不展。

宽敞的前海路上，路边是一些摆摊卖各种玩意儿的店铺摊位，巡营哨官傅二带领一队威武雄壮的骑兵巡营，整齐划一地经过，引来一群百姓的交口称赞。

胡青衣挎着篮子站在人群里东张西望，焦急地等待。看见骑兵走近，胡青衣分开人群站在路边，喊道："傅二哥，傅二哥。"

傅二停住马问："青衣姑娘，什么事？"

胡青衣上前，举起手里装着水果、点心的篮子，说："爹爹说，傅二哥巡营辛苦，让我送些点心来。"

人群里一人大声打趣说："胡青衣姑娘，怕不是爹爹的意思吧？是胡青衣姑娘心疼傅将军了吧？"

众人哄笑。巡营兵回头偷看、偷笑、羡慕。傅二脸红尴尬，冲队伍大喊："看什么看！注意军纪！"

转向胡青衣推脱："多谢胡伯伯惦记，镇台大人有严命，不许扰民，这个真不能拿。"

胡青衣急了，硬把篮子往傅二手里塞，说："这叫军民一家，不是扰民！就是些水果、点心嘛，快拿上。"

人群中有人说："胡青衣姑娘，兵哥哥不要，就送了我吧。"

胡青衣恼怒，拿起一个水果狠狠砸去，骂道："多嘴！你也配！"

众人再哄笑。傅二趁机催马逃脱追赶队伍，回头说："胡青衣姑娘，心领了，快回家吧。"

胡青衣追了几步："傅二哥，傅二哥。"

队伍远去，胡青衣白了人群一眼，怅然离去。

人群继续议论。一人跷起大拇指说："章大人果然带兵有方，军纪严明！不扰民、不贪财，这样的将军、这样的兵，现在可是不多见喽！"

一人说："何止是不贪不扰啊，谁不知道章大人乃是咱大清朝的猛将！不光是带兵有方，打仗也不含糊呢。听说当年章将军随刘铭传镇守台湾，跟法国鬼子那一仗打得那叫一个惨烈！章将军脱光了膀子带头冲啊，听说法国人的子弹都绕着他飞呢！"

一人说："你那叫瞎说！子弹怎么会绕着他飞？那是法国鬼子兵没遇见过这么不要命的清军将领！心慌手发抖，射不准了！"

一人说："这话说得靠谱，也是，大家说说外国人轮流欺负咱们几十年了，有几个将军敢这么不要命地反击？"

一人说："也不用说以前了，就前年甲午大战，调章将军带着嵩武营增援辽东，跟日本鬼子在盖平的那一仗，那才叫拼命呢！子弹打没了，拿刀拼。唉！可惜了，章将军手下的几位悍将几乎全死在那一场血战了。"

一人说："虽然代价不小，但那场恶战打得值！是甲午之战中消灭日寇最多的一次战役，打死鬼子五百多人呢。让咱们也扬眉吐气了一回！"

一人说："就是就是。听说这傅二年纪虽不大，却是跟随章将军打过这两场恶仗的兵呢。盖平战场上是从死人堆里爬出来的，章大人论功请赏，保举他升了千总。别看现在官述小，前途无量呢！"

一年轻人说："听说章大人绰号章迂子，迂子是个啥意思？"

旁边一年岁稍长者拍了他的头一下，说："傻小子，哥教教你，迂子是南方话，搁咱青岛话就叫彪子，是不要命的彪子。"

众人大笑。一老者怒斥："住嘴！不得对章大人无礼！能有章大人镇守青岛是咱们的福气，还敢开章大人的玩笑？散了散了，干活儿去！"

众人散去。

傅二巡营队伍走到栈桥一带，数名百姓看向远海，一边在叽叽喳喳说着什么，有人看见了巡营兵，喊道："巡营兵来了，咱们赶快报告军爷。"

几人跑上来，边跑边喊："军爷，有情况，有情况。"

傅二与营兵停下马问："什么事？"

几人到了马前，一人气喘吁吁地说："是傅千总大人啊，千总大人，海上停了几艘战舰，不知是干吗的，您快来看看。"

傅二同数人翻身下马，随百姓到了海边望向远方，影影绰绰有三艘军舰抛锚。

傅二伸手，喊："望远镜！"

属下赶紧取下望远镜奉上。傅二用望远镜看去，是三艘德国战舰。傅二嘀咕了一句："德国人的军舰？他们来青岛干什么？"

然后命令说："全部下马原地待命，仔细监视，我回衙门报告大人！"

翻身上马疾驰而去。

18. 天后宫大殿　日　外

殿门外守着亲兵护卫队长姜海龙，下面是数名亲兵。

19. 天后宫大殿　日　内

殿内香烟缭绕，天妃娘娘宝相庄严慈眉善目。章夫人跪在垫上，两边跪着义女水月、胡善成和夫人阿菊。

章夫人持香低声祈祷："愿天妃娘娘护佑青岛，海波升平，百姓安康。"

祷告完毕，道童上前接过香恭恭敬敬插在案上香炉。章夫人与大家跪拜三叩首，琴心道长在香案旁亲自敲磬三下。礼毕起身，琴心道长抱拳躬身说："请夫人后院琴房用茶。"

章夫人还礼："那就打扰道长清修了。"

琴心："章夫人客气，请。"

20. 天后宫大殿　日　外

出殿门，章夫人对姜海龙："海龙啊，你跟着就行了，让大家一边休息去，别兴师动众地吓着人家香客。"

姜海龙："是，夫人。大家都散了吧！"

众人随琴心说说笑笑走向后院。章夫人问阿菊：

"胡夫人，你家胡青衣怎么没跟着来啊？"

阿菊说："嗨！女大不中留啊，午饭都不吃，收拾了一篮子东西去送人了。"

章夫人："哦？送人？送给谁啊？"

阿菊："你家老爷带的兵好啊，这傻丫头就看上傅二了，隔三岔五上赶着给人送吃送喝的，给她找了多少好人家啊，这丫头理都不理。唉！"

章夫人笑了，说："这事啊怪我，也怪你咋不早说呢？莫不是你们看不上傅二？"

胡善成："夫人取笑了，我等小小商人，哪敢挑三拣四看不上千总大人？再说傅二人长得英武，我和阿菊都喜欢呢。就是不知道傅二看不看得上我家丫头呢。"

阿菊接道："是啊，这傻丫头每次兴冲冲地去，灰溜溜地回，人家傅二说军纪严明，不敢拿百姓的东西呢。也不知真的假的，莫不是有了家眷？或是瞧不上野丫头？"

章夫人："傅二说的是实情，老爷确是有严令。你俩啊放心吧，胡青衣可不傻不野，百里挑一的好姑娘呢。这事包在我身上了。唉，这傅二啊也是胶州人，跟着老爷南征北战的可是受了不少苦，现在岁数也不小了，该成个家了。回头我找他谈谈，请媒婆登门提亲去。"

胡善成与阿菊相视一笑，说："谢夫人成全。"

水月跟在琴心身后，回头偷偷瞄了姜海龙一眼，碰巧姜海龙也在偷偷看着她，脸一红，一只手不由自主地揪住了琴心的衣袖。琴心回头，说："水月啊，都成大姑娘了，怎么还像小时候的样子?"

水月娇嗔道："师父!"

撒开了手。

琴心笑了笑，对章夫人说："水月打小就这样，我走到哪她跟到哪，小手非得抓住我衣服不可。"

对水月："你现在成人了，不能再揪衣服了。"

水月拖着长腔说："是，师父!"

说话间到了琴心道长的琴房，上挂着一块匾额，题有四字"道洽琴心"。章夫人说："也唯有道长当得起这四个字呢!"

琴心："岂敢，岂敢，夫人见笑了。里面请!"

21. 琴心道长琴房　日　内

几人进入落座，道童斟茶奉茶。章夫人对琴心说："得亏道长调教出一个这么乖巧的丫头，让我白捡这么个宝贝女儿。我有子无女，与老爷深以为憾呢。有了水月啊，这心就踏实了。这闺女啊，比我亲生的还亲呢。

六年前老爷和我刚调来青岛任上，第一眼看见水月就喜欢得不得了呢！"

琴心："夫人满意就好，水月有个好着落，也去了我一块心病。"

水月撒娇："师父，您一直把我当累赘啊？"

众人大笑。

章夫人说："对了道长，我还有一事不明，请教道长。"

琴心："夫人请讲。"

章夫人："道长为何起了水月这个名？可有什么说法？"

水月见说到自己，有些不好意思，说："师父、义母、伯父伯母，你们聊，我想去逛逛街。"

章夫人："哦，去吧，别玩太久了。海龙啊，你陪着小姐去吧，我这儿就不用管了。"

姜海龙、水月答应，一起出门。胡善成、阿菊相视一笑，说："又是一对儿金童玉女。"

琴心说："这个啊，也没什么说法。当年正是夜深之时，又逢十五月圆，贫道不想辜负了良辰美月，在院中抚弄琴弦，隐隐约约听到似乎有小孩的哭声。贫道循声寻去，海边捡到这个婴儿。因见海平浪轻，明月皎皎，随口就起了这个名字。夫人若嫌不雅，改了就是。"

章夫人："道长赐名，岂有不雅之理？这丫头当真如水似月呢。"

琴心："其实水月能长大成人，贫道居功甚微，倒是胡夫人抚养得好。"

阿菊："道长说哪里话！恰好我当时生了胡青衣，也不过喂些奶水罢了，有什么功呢。"

22. 前海大街　日　外

大街上，到处是琳琅满目的商品，姜海龙和水月在逛街，远处一匹马疾驰而来，傅二一边打马疾驰，一边大喊："闪开，军情紧急！"

姜海龙说："是傅二哥！水月，我们问问啥情况。"

二人到了路中间，拦住傅二，傅二勒住马。

姜海龙："傅二哥，什么情况这么急？"

傅二："海龙、水月，海上出现三艘德舰，我得禀报镇台大人定夺。"

继续驱马奔向总兵衙门。

姜海龙望了一眼水月："走，去看看！"

二人奔向前方。

23. 总兵衙门后院章高元客厅　日　内

章高元、副将范钦、幕僚孙璋、几名乡绅正在闲聊。傅二闯入，禀报："镇台大人，紧急军情！"

所有人一愣，众乡绅连忙起身告辞，章高元起身相送，落座，问："什么军情？说说吧。"

傅二："禀镇台、范将军，属下刚才巡营，见海上出现三艘德国军舰，特来禀报。"

章高元："这算什么军情？外国军舰来来往往是司空见惯的事了，也值得来报！"

傅二："可是，章大人，这次不是俄舰，是德舰。而且是三艘！"

范钦："管他几艘呢，朝廷有令，往来外国舰船好生招待，不可生事，你不知道吗？"

傅二："范将军，这个我知道，但这次是三艘军舰，不可不防。"

章高元："好了好了，你先起来吧。范将军、孙师爷，咱们一起去看看情况再说吧，也好上报总理衙门知晓。来人！备马。"

24. 前海边　日　外

章高元拿起望远镜仔细看了一会儿，念叨："是有点奇怪啊，这三艘军舰既不上岸，也不驶离，干吗在海上抛锚啊？"

对师爷孙璋："孙璋啊，你马上替我跑一趟，带上德语通事（翻译），去问他们是何来意。"

师爷："是，镇台大人，属下马上安排。"

章高元喊住他："慢着！你再问问他们的舰长啊司令什么的，明天我为他们接风洗尘，能否登岸参加？不可失了礼数。"

师爷："是，大人。"

章高元："大家回去吧，衙门等候师爷消息。"

25. 章高元客厅　夜　内

傍晚时分，孙璋回来复命。孙璋："禀镇台、各位大人，属下前去交涉，德军司令员迪特里希少将说，他们从上海游历到此，并无他意，今天就不上岸了，明天一早上岸休整数日，还想……还想借地演习。希望得到许可。"

章高元环视一周，满不在乎地说："瞧瞧，瞧瞧，虚惊一场吧？区区三艘战舰能有多少人啊？咱四营兵力，两千余人，还怕他们不成？准了！"

傅二："镇台大人，不能轻率啊！无论他们什么目的，咱们都需要预做提防。"

章高元："傅二啊，这两年你的胆子怎么越发的小了？两年不打仗，成了胆小鬼了？"

众人笑。

章高元又问师爷："噢，对了，宴请的事他们答应了没有？"

师爷："答应了，明日上岸安排好军营就来拜访镇台大人。"

章高元："那就好，那就好。孙璋，你马上发电报给总理衙门，把德舰造访的事上报，然后打点好明天宴请的事。范钦，你安排士兵，就在广场一侧连夜搭建一批军帐，供德军上岸休整。再安排亲兵队明天广场列队，行持枪礼欢迎，也让德军看看咱们的军姿。大家散了吧，散了吧，没事。"

孙璋、范钦领命，众人退下。傅二、姜海龙互相望了一眼，停住脚步回身，傅二欲再劝章高元谨慎防范，章高元不耐烦地挥手，二人只好退下。

26. 青岛海上　日　外

（字幕：1897年11月14日，凌晨）

三艘德舰按照既定作战部署分头向东、中、西方向驶去。

27.栈桥大铁码头　日　外

"恺撒"号缓缓停靠在栈桥大铁码头，三百名德兵荷枪实弹搭乘舢板登上码头。

海岸大街上，前行的一队德军迎面遇到了一队正在跑步操练的清军，其中有懂得德语的士兵还友好地跟德兵打招呼，搞得德兵满脸诧异。

28.总兵衙门广场　日　外

安孟带领的一百人到达衙门兵营的广场上，姜海龙带领亲兵队队列整齐，对德国登陆部队行持枪礼欢迎。

章高元、副将范钦、师爷孙璋、通事上前迎接问候。通事向安孟介绍青岛镇总兵章高元，安孟军礼致敬。

章高元问："贵军司令员来了吗？可否参加晚上为他举行的宴会？"

安孟敬礼，回答说："报告将军！迪特里希司令员还要安排明天的演习项目，待事务处理完毕即来拜访总兵大人。"

章高元："哦，那就恭候大驾了！孙璋啊，你且带他们去新搭建的营房安歇吧。"

29. 青岛信号山半山腰　日　外

（字幕：1897年11月14日7时许）

信号山半山腰高地上，德军临时指挥所已经搭建好，迪特里希、罗绅达、叶世克、昆祚神父站在指挥所前等候消息。信号官佩林伯爵前来汇报："报告司令员，信号台已经搭建好，调试完毕。"

迪特里希高兴地说："好，好，尊敬的昆祚神父，我们到里面坐等攻击部队的好消息吧。"

几人鱼贯而入。

30. 青岛团岛炮台、军火库　日　外

突然出现的德军令清军猝不及防，被德军缴了枪械看押起来。德军调转炮口，瞄准了骧武营、广武营。

31. 清军骧武营、广武营、嵩武营营门前　日　外

德军分别在骧武营、广武营、嵩武营大门前架起火炮，德军闯入，控制了三座军营。

32. 青岛山炮台　日　外

德军突然拥入，占领炮台，调转炮口瞄准嵩武营。

33. 德军信号山指挥所　日　内

八点多，信号山德军指挥所内，信号员不停地进来汇报各分队进展情况，各战斗任务顺利完成。迪特里希微笑着对叶世克说："叶世克上校，你带领百人队马上增援安孟上尉，迅速拿下衙门炮台，对准总兵府，并包围总兵府。噢，别忘了告诉安孟上尉，是时候送上我的亲笔信了。"

叶世克："是，司令员。"

34. 总兵衙门广场　日　外

叶世克、安孟两股德军会合，迅速抢占衙门炮台，并包围了总兵府。安孟带着翻译官来到衙门口，守卫清兵上前交涉，安孟将一封信函交给守卫，让他面呈章高元。

35. 章高元客厅　日　外

章高元、孙璋及两名部下在打麻将。姜海龙从外面进来交给章高元一封信，说："大人，大门守卫转交德国军官给您的信函。"

章高元正忙着打麻将，说："先放桌上。"

姜海龙将信放下。

一局打完，几人忙着洗牌，师爷孙璋拿起了信函，抽出来看完，脸色大变，说："大人，不好了！不好了！"

章高元不悦地说："什么事啊？慌慌张张的！"

孙璋手发抖，嘴唇哆嗦着，说："信，信。"

章高元大声说："念！"

孙璋颤抖着念信："本司令受德皇陛下的旨意，占领胶州，限三个小时内将驻防官兵全部退出女姑口、崂山之外，不准携带火炮，限四十八小时内退清，过此即作为敌军办理。"

章高元猛地站起来，说："什么?!"

一把抢过信来看了一遍，大吼："放肆！大胆！送信的人呢！"

姜海龙从门外一步跨入，说："禀镇台大人，信是门卫转交的，送信的人是德军安孟上尉。"

章高元大吼："亲兵队，集合！跟我出去看看！"

姜海龙："是！"

出门大喊："亲兵队，全体集合！"

亲兵们从各处跑来集合。

内室里，章夫人与水月听到前面的嘈杂声，赶紧过来探看，见章高元满脸怒气，紧张地问："老爷，什么事发那么大的火啊？小心气坏了身子。"

章高元立马收敛怒火，宽颜劝慰说："没事没事，军队上的事，夫人勿忧。水月，陪夫人去后边。"

水月搀扶章夫人回去，章夫人脸上带着疑惑的表情离开，回到门口又转过脸来关心地说："老爷，身体。"

章高元摆了摆手："知道了，去吧去吧。"

看到夫人走了，章高元脸上怒气再起，怒气冲冲出门，说："走，出去看看！"

众人跟随章高元急匆匆走向衙门大门。

36. 总兵衙门广场　日　外

衙门外，章高元发现两百余名德军荷枪实弹已经包围了总兵府，远处的衙门炮口也对准了总兵府，勃然大怒。德军纷纷举枪对准。

姜海龙大喊："亲兵队，保护大人！"

章高元亲兵迅速上前保护章高元，举枪与德军对峙。

章高元见状说："不必了。"

分开士兵走向前去，举起那封信说："你们司令呢？这里谁说了算？这是怎么回事？"

叶世克冲翻译官努了努嘴，翻译官上前，说："我们的舰队司令在指挥所忙着指挥军队呢，这里由叶世克大校、安孟上尉负责。迪特里希司令员已经在信里跟总兵说得明明白白了，限您的部队在三小时后撤军，也就是十二点。否则就地歼灭，格杀勿论！"

章高元冷笑："就地歼灭？口气未免太大了吧？就凭你们还想歼灭我两千精兵？"

翻译官笑了笑说："章将军，阁下可能还不清楚吧？就在您接到信前，您的炮台、军火库、兵营已经全部被攻下。炮口已经对准了所有的兵营，当然也包括总兵大人的府衙。舰队司令有令，十二点前不撤出青岛，全部击毙，一个不留。当然也包括您章将军。"

姜海龙大吼："放肆！"

一个箭步冲上去，翻译官见状转身欲逃，被姜海龙一脚踹飞出去，扑倒在叶世克面前。叶世克等人尚未反应过来，已被姜海龙擒拿住，动弹不得。德军枪口指向姜海龙却不敢开枪。

这时响起了急促的马蹄声，傅二带领巡营兵骑马冲过来，一部分德军慌忙转身举枪对准，傅二大喊一声："让开！"挥动马鞭噼里啪啦一顿猛抽，其他人也抡起马鞭，将德军的枪打落，冲进了包围圈，围在了章高元两侧，然后举起枪，子弹上膛，也瞄准德军。

傅二下马，来到章高元身边，章高元问："外面什么情况？"

傅二："禀镇台，三大营盘、炮台尽数被德军控制。"

章高元仰天长叹："悔不听傅二之言，致有今日之辱！"

傅二："大人，悔之无益，且只说眼下怎么办？亲兵队和哨兵队加起来六十余人，德军两百余人，咱们拼死一搏，冲出去再做打算！"

章高元："拼得过吗？我们已失先机，拼是死路一条。何况没有朝廷旨令，岂敢轻言用兵？"

傅二："那，大人的意思？"

章高元重重地叹了一口气，冲姜海龙："海龙，放了他吧。"

姜海龙放开了叶世克，回到章高元身边。叶世克整理了一下衣服，依旧是傲慢不屑的样子。

章高元上前几步，说："还请上校宽限退兵日期，明日如何？"

叶世克傲慢地说："我奉命行事，只能执行上级的命令，十二点不退兵就开火，这事做不了主。"

章高元提高声音："带我去见你们的司令员！我跟

他谈!"

37. 信号山德军临时指挥所内　日　内

章高元与迪特里希会谈。章高元说:"迪特里希将军,你我都是军人,都要听朝廷号令,退兵一事我实在无权决定,还请将军宽限时日,容我上报朝廷,听从朝廷旨令再行退兵,您看如何?"

迪特里希:"章将军,我不管你们朝廷的旨令,我只负责执行德皇的命令,德皇命令我无论如何占领青岛,军人以服从命令为天职,我也是爱莫能助啊!"然后摊开双手做出一个无奈的举动。

章高元说:"可是您已经占领了青岛啊,我要求的只是宽限时日,容我上报请示行止,否则擅自退兵是死罪啊!"

迪特里希笑了笑说:"这个嘛,章将军大可不必担心,您如果配合我,把兵撤出女姑口、崂山以外,您可以留在青岛,德军会保护您和家眷的安全。我也可以安排您和您的家人到德国去,接受德皇的庇护。"

章高元怒不可遏,拍桌子站起,说:"一派胡言!无耻!我章高元岂是贪生怕死叛国投敌之人!"

迪特里希笑着也站起来,耸耸肩摊开双手,说:"那我就爱莫能助了。"

章高元转身出门，与傅二、姜海龙骑马愤然离去。

38. 总兵衙门大堂　日　外

章高元与众将官商议对策。

墙上的挂钟响了一声，已经指向了十点半，章高元看了一眼，叹了口气，说："德军司令员不肯宽限时日，离限定时间还有一个半小时，情况紧急。孙璋，你赶快拟电文，同时发直隶总督王文韶和山东巡抚李秉衡处，记住，要加急!"

孙璋退下。一会儿跑进来说："大人，电文发不出去啊，像是电报线被截断了。"

章高元"嘿!"了一声，一拍桌子站起来，急匆匆来回踱步，嘴里自言自语道："这可如何是好？这可如何是好!"

其他人面面相觑，无可奈何。傅二站起来说："大人，德军虽然得手，但毕竟人少，我等组织一批功夫好的兄弟分头突围，通知各兵营拼死一搏，胜负尚未可知呢! 大人，下令吧!"

姜海龙也站起来说："对，宁拼战一死，不受此屈辱! 大人下令吧!"

章高元停住脚步，环视大家，眼光里透出一股杀气。副将范钦咳了一声，说："拼死一搏固然痛快，可是没有朝廷和抚台的命令，私自开战，可知道是什么后果吗？"

孙璋也连忙站起来说："副将大人说得是，自甲午一战后，朝廷畏洋如虎，早就下令礼遇洋人，不得有争执，何况开战这等大事，岂是我们能做得了主的？大人慎重！万万不可做了朝廷的罪人啊！"

章高元的杀气又黯淡下来。

傅二对孙璋："那依师爷之见，我等就做民族罪人吗？"

孙璋："这，这……"转向章高元："大人，卑职不是这个意思，可事难两全，朝廷为上啊！"

章高元沉吟片刻，转身重重一拍桌子，说："别说了！硬拼当然不行，那可都是跟着我出生入死的兄弟啊，不能白白丢了性命！困在这儿消息不通，又得不到上面的命令，耗下去不是办法。我决定集合全部兵力，退兵至四方村设防，摆脱眼前的困境，紧急上报抚台、朝廷，再与德寇一决生死，洗刷今日之耻！范钦，你看如何？"

范钦："镇台大人，此计甚好！既能脱困，又没有按照德人的要求退出青岛，对朝廷也有个交代，好！"

章高元看了一下表，已经近十一点了，说："还有一个小时的时间，事不宜迟。傅二!"

傅二："属下在!"

章高元："速派出巡营骑兵下令各营盘，跑步前来广场集合!"

傅二："遵命!"

39. 总兵衙门广场　日　外

几骑快马冲出衙门，德军纷纷举枪阻止。师爷孙璋跑出来气呼呼地说："怎么？我们的传令兵去集合人马，按照你们的要求退出也不放行吗？"

德军翻译跟叶世克嘀咕了几句，叶世克一摆手，德军让开通道，传令兵飞驰而过。

几队清兵从不同方向跑步而来，德军闪开通道，严阵以待。清军集合完毕，等候命令。

40. 青岛信号山　日　外

信号山上，迪特里希拿着望远镜看到了清军集合的场景，舒了一口气，笑着对昆祚神父说："尊敬的昆祚神父，他们很听话，按照我们的要求要让出青岛了。"

41. 总兵衙门章高元府　日　外

院内停着两辆马车，姜海龙带着亲兵正在忙着往一辆马车上搬运东西，另一辆带车厢的马车是章夫人和水月乘坐的，姜海龙与水月挽着章夫人出来上车，章夫人满脸泪水，念叨着："怎么突然就成这样了？海龙，你说到底是怎么了？"

姜海龙宽慰道："夫人，不怕，有大人和我们呢，路上再说。"

又对水月说："水月，不要怕，有我呢。"

水月含泪点头，姜海龙扶章夫人和水月上车，车轮滚动，往衙门口而来。

42. 总兵衙门广场　日　外

衙门广场上，四营清兵集结完毕，士兵们满脸沮丧与悲愤，德军则举枪在旁严加监视。

章高元低声说："撤吧。"驱马带头撤出，清兵们列队跟随，德军则分出人手在旁检查，凡是弹药箱一律留下不许带走，只允许一人一枪。士兵几次要反抗，都被德军枪顶住脑门，只好放弃。

43. 撤兵路上　日　外

道路逶迤，行进着一群盔甲明亮却失魂落魄的将士。

44. 栈桥码头　日　外

德国"伊伦娜""阿克纳"号两艘停泊远海增援的战舰已经缓缓靠近码头，士兵们蜂拥而上，德军五艘战舰已经全部会齐。

45. 栈桥码头及总兵衙门广场　日　外

（字幕：1897年11月14日下午2时30分）

栈桥码头，"恺撒"号旗舰鸣放礼炮二十响，庆祝德意志帝国第一块东亚殖民地的诞生，炮声掠过山脊，在山海之间回荡。

青岛总兵衙门前的大广场上，六百名德国陆战队官兵整齐列队，高唱德意志国歌，迪特里希带头三呼威廉皇帝万岁。顷刻，旗杆上高悬的黄龙旗飘然坠地，德意志的三色旗升上杆顶。

第三部分

绊不我开

46. 青岛四方村郊外　日　外

（字幕：1897年11月14日下午）

村外田野上，清兵扎军营、挖战壕筑工事，一片忙碌，不少村民也在帮忙。

47. 山东巡抚衙门　日　内

山东巡抚李秉衡正在衙署办公，门外来报："青岛总兵章高元加急电报！"

李秉衡放下手里的工作，说："念！"

"丁急。济南抚帅钧鉴：今早德兵突然上岸，元以向奉公文接待保护，未便擅阻，德兵竟然伺机占领兵营、炮台、弹药库等，限元三小时退出女姑口、崂山。事属紧急，元欲战恐开兵端，欲退恐干职守，再四思维，暂将队伍拔出青岛附近青岛山后四方村一带，扼要据守，元仍驻青岛立候示遵行，飞速至盼。"

李秉衡拍案而起，说："什么？章高元混蛋！他这个青岛总兵是怎么干的？谁让他擅自撤兵的！"

幕僚拿过电报细看，然后说："抚台息怒，我看这意思，是章高元麻痹大意被德军偷袭得手了，受制于人不得不撤啊。"

李秉衡气呼呼地："失职！误国！误民啊！"

幕僚："大人，事属紧急，眼下不是发怒追究责任的时候，章高元那边还在等候指令呢，究竟如何处理，还请大人冷静，详思！以作补救啊。"

李秉衡冷静下来，皱着眉头来回踱步，说："记录：第一，速回电章高元，德军借端寻衅，断非口舌所能了，尊处四营，务须坚守勿动，不许再退！等候援军！第二，电令登州镇总兵夏辛西，即刻带所部各营紧急开赴青岛，增援章高元。第三，电告总理衙门，章高元丢失青岛，未经允许私自撤兵，请求撤职查办，青岛防务暂交付登州总兵夏辛西兼管，现已命夏部星夜驰援。并请总理衙门尽快与德国公使交涉，令其退兵，否则坚请一战。记住，全部加急！去吧。"

幕僚："是。"退下。

李秉衡坐下，又起来，踱了几步，大喊："来人啊。"

门外亲兵进来施礼："大人，有何吩咐？"

李秉衡："速去告诉师爷，再加一封电报，令曹州镇总兵万本华赶招五营兵力备用，千急！"

48. 直隶总督衙门　日　内

直隶总督兼北洋大臣王文韶、李鸿章、荣禄、翁同龢议事。

王文韶："各位大人辛苦辛苦，属下收到三封山东和青岛的加急电报，情况万分紧急，属下一人不敢决断，特请各位大人商议商议如何处理。"

翁同龢："什么事啊？王大人先说说吧。"

王文韶："哦，有两封电报是青岛总兵章高元发来的，其中一封是昨天下午发来的，说有三艘德国军舰造访，要求第二天登陆休整并借地演习，章高元答应了；第二封电报是刚收到的，说德军偷袭青岛军营炮台，割断电报线，并勒令章高元带部退出青岛，他因为无法获取上级指示，只好先退守四方村，听候下一步命令。"

李鸿章瞪起眼来，说："山东巡抚怎么说？"

王文韶说："山东巡抚电文说，章高元麻痹大意在先，擅自退兵在后，应撤职查办，将青岛镇防务交夏辛酉代管，并已经命令夏辛酉开拔青岛增援。还要求总理衙门尽快与德国公使谈判，让德军退兵，否则坚决开战！各位大人说说，该如何办理为妥。"

荣禄："李秉衡还算有脑子！兵来将挡水来土掩，

人家都打到家里来了还客气个啥？要我说啊，就依李巡抚的，不退就打！"

然后转向李鸿章继续说："李中堂啊，这章高元不是您的爱将吗？以前挺能打的，现下怎么尿了？"

李鸿章咳了一下，说："我看哪，这事也怨不得章高元，朝廷有严令，不许开罪洋人嘛！"

荣禄："不开罪洋人，也没说洋人上了你家炕，你就得把炕让给洋人啊！"

翁同龢："哎呀！两位大人，情况紧急，那边还等着消息呢！就别拌嘴了吧！"

李鸿章沉吟一会儿："兹事体大，我觉得不可轻易决断，需待明日早朝商议为妥。"

王文韶："李大人，军情紧急啊！总得先给章高元一个指示吧？"

李鸿章："我看先这样吧，先电告章高元，暂且隐忍避让，稳住局势，不得轻开战端，以待明日朝廷消息。山东巡抚那里，明日早朝后再行答复吧。各位大人觉得如何？"

众人点头同意。

49. 青岛总兵衙门 夜 内

（字幕：1897年11月14日晚）

总兵衙门大堂灯火辉煌，德军将领、舰长、众军官及昆祚神父等庆贺胜利。

迪特里希举杯："诸位，在上帝的关照下，也在昆祚神父的情报支持下，我们顺利地占领了青岛，完成了皇帝陛下交给我们的神圣使命！我已经在第一时间向皇帝陛下报告了我们胜利的消息！为了祝贺我们的胜利，干杯！"

"万岁！""干杯！"

这时，外面德军侦察兵进来汇报："迪特里希司令员，章高元部并未退出女姑口、崂山以外，而在不远的四方村扎营设防。"

罗绅达："司令员阁下，我马上带部队连夜去消灭他们！"

迪特里希："不急不急，我们只需要加强防备即可。今天是庆功宴，让大家都歇歇，也让章将军喘口气吧。没枪没炮的，他能把我们怎么样？"

众人大笑。

迪特里希继续说："就在刚才，我收到了皇帝陛下的嘉奖电，皇帝陛下任命罗绅达为青岛总督，负责青岛的规划建设和政务，同时还特别任命昆祚神父担任总督顾问。所以驱赶章高元的任务就落到我的身上了。罗绅达大校，哦，不，不，罗绅达总督阁下，您可是任重而道远啊！"

罗绅达欣喜若狂，挺身敬礼，说："为皇帝陛下效力是我们的荣誉！"

迪特里希："我们祝贺两位！"

大家碰杯、畅饮。

叶世克问昆祚："尊敬的昆祚神父，我听司令员说，章高元能带兵善打仗，作战勇敢，可是今天一见，都是酒囊饭袋啊！"

昆祚："叶世克上校，您要这么认为章高元那就错了，章高元确实是猛将，他的兵也绝对不是酒囊饭袋，他若真要抵抗，我们根本攻不下青岛，甚至会全军覆没。"

叶世克："那今天的事，怎么解释？"

昆祚："那是清国朝廷的事。诸位不知，前年甲午一战，清国败于小国日本之手，北洋水师全军覆没，从此把清廷吓破了胆。所以清廷有严令，不能得罪洋人轻开战端。再有，在逼迫日本退还辽东一事上，我们德国可是出了大力气的，清国朝野都把德国当恩人呢。章高元做梦也没料到，他们的恩人会跟他来这一手。"

众人开怀大笑。

50. 北京紫禁城太和殿　日　内

（字幕：1897年11月15日早朝）

王文韶出班奏报："陛下，臣王文韶奏报，德国军舰偷袭青岛，章高元被迫撤退四方村坚守候旨，以及山东巡抚电报，弹劾章高元失职，并调登州镇总兵驰援青岛、请求开战一事。请陛下裁决。"

年轻的光绪帝脸上掠过一丝惊慌的神情，随即平静下来，说："呈上来。"

太监接过电报，呈给光绪。光绪看完，愁容满面，沉吟片刻，问："各位臣工，可有何对策？都说说吧。"

李鸿章站出，说："臣以为，不可轻言开战。甲午新败，士气低落，何况德国无论战力、国力、武器均远胜日本，战则必败。臣以为，还是以夷制夷为妥。"

光绪帝："李中堂以为，当以何夷制之？"

李鸿章："莫若俄国。陛下，俄与大清结有密约，租借胶州湾十五年，德国犯我胶州湾，也是侵犯俄国权益啊！俄国必不会坐视不管。臣请与俄国大使商谈，说服俄国介入胶州湾事件，以俄制德，逼迫德国退兵，方为上策。"

兵部尚书荣禄站出，说："皇上，不可！德寇占我国土，掠我财富，我等不能驱除已是屈辱，反求外国出头更是奇耻大辱啊！何况俄国也没安什么好心啊！以虎驱狼，遗患无穷！奴才以为，李秉衡所言可行，与其不战而失地，不如战而失地，朝廷还能保留一份颜面哪！"

翁同龢出班："臣同意荣禄大人的意见，调兵增援，与德一战。"

李鸿章："翁大人，前年甲午之事，臣欲和，大人欲战，结果如何？翁大人这么快就忘了不成？"

翁同龢："日、德不可同日而语。"

李鸿章："翁大人此言何意？"

翁同龢斜了李鸿章一眼，奏道："陛下，德国势力虽大，远在万里之外，劳师远征，鞭长莫及。日本则不然，近在卧榻，可倾全国之力，皇上不可不察啊！"

光绪帝拿不准主意，问奕訢："恭亲王，您的意见呢？"

年迈的奕訢沉声说："皇上，老臣以为不可开战。翁大人、荣禄只看到德国、日本，就没看到俄英法等国虎视眈眈吗？老臣以为，战端一启，列强趁机要挟，恐得不偿失啊！"

光绪帝："可是眼下事在紧急，恭亲王可有何对策？"

奕訢："老臣以为，可以三管齐下，一方面同意李秉衡征调、招募营兵之请求，但不许李秉衡、章高元遽行开战，致衅自我开。一方面令驻外公使许景澄立即与德国外交部斡旋，责令德国退兵。一方面由李中堂出面与俄国商谈出兵拒德事宜。这样较为稳妥。"

光绪帝大喜："恭亲王所言有理，正和朕意！王文韶，你速发电报给李秉衡、章高元，守而勿出、备而不战，万不可先行开炮，致衅自我开！李中堂，俄国的事就交给你了。退朝吧。"

众臣跪送。

51. 青岛四方村四合院，章高元临时指挥部　日　外

堂屋里，章高元、范钦、姜海龙，以及各营的管带都在焦急地等待朝廷和巡抚的命令。

孙璋一路小跑闯进来，气喘吁吁地说："章大人，各位将军，总理衙门回电了！"

章高元一拍大腿站起来，高兴地说："终于等来指令了！念！大家都听听。"

孙璋大声念道："胶澳一事，据王文韶、李秉衡先后电奏已悉，德国图占海口，蓄谋已久，此时将借巨野一案而起，度其情势，万无遽行开战之理，惟有镇静严扎，任其恫吓，不为之动，断不可先行开炮，致衅自我开。李秉衡所请添调招募各营，均著照办。"

骧武营管带杨山一听，勃然大怒："什么？镇静严扎，任其恫吓，不为之动？朝廷这意思，是让咱们引颈就戮吗？"

嵩武营管带张先也愤愤地说："这叫什么朝廷！还'万无遽行开战之理'！德寇已经开战了，衅自他开，还不许我们开炮！这样的命令我们无法执行。"

范钦断喝："大胆！你们想造反不成？敢胡乱褒贬朝廷！镇台大人在此，休得无礼。"

众将官低头。

章高元站起来，看了一眼愤愤不平的将领，说："各位将官少安毋躁，我何尝不想和大家一起，跃马杀贼，死而后已，也省得受此奇耻大辱！可是大家想过没有？我们的大炮、弹药全被扣留，有枪无弹，拿什么跟他们拼啊，朝廷就算让我们开炮，我们还有炮吗？电文中不是也说了吗，朝廷已经准了抚台大人的奏请，同意招募人马增援，登州夏总兵昨日就接到抚台军令，已经开拔了，明日即可赶到。大家再忍忍，一切等援军到了再说。"

门外傅二来报："报镇台！迪特里希带领德军五六百人来犯！前方将士皆欲一战！"

章高元："走，去看看。"

52.四方村前沿阵地　日　外

清兵阵地前不远处，德军的炮兵正在忙着架设火炮，数百名德军排成阵势，端着枪，进入战备状态。迪特里希骑在马上，傲慢地望向清军阵地。

清军阵地上，将士们都抛下火枪，抽出战刀，排成一排站在工事上方，怒目而视、严阵以待。

章高元等人赶到，留在前线督建工事的广武营管带李鸿收起战刀，跪倒在章高元身前，说："镇台大人，德军欺人太甚！将士们受够窝囊气了，皆欲一战。趁德军立足未稳，火炮未架好，我们冲杀过去吧！"

章高元："起来！杀杀杀！你拿什么杀？拿战刀对枪炮吗？不等冲到一半就全军覆没了！"

然后站到高处大喊："将士们！收起战刀，回到工事内，不要做无谓的牺牲！朝廷已有回电，万不可遽行开战！德军只有冲到跟前，我们的战刀才有用武之地！大家再忍一忍，明天，我们的援军就到了！我们就有弹药了！听我命令，躲进工事！"

清兵们纷纷跳下工事。

对面的德军火炮已经架好，翻译官拿着喇叭喊话："章将军听着，迪特里希司令员有令，要求章将军履行承诺，退出女姑口！否则将你们的驻地夷为平地！"

章高元大怒："呸！狗强盗！谁答应你们的条件了？告诉你们的司令员，有种的刀对刀、枪对枪地打一场，靠耍阴谋诡计胜之不武，算什么英雄好汉！"

翻译对迪特里希嘀咕了几句，迪特里希笑笑，安排炮兵说："往章高元边上打一炮，提醒提醒他。哦，别打中咱们的好朋友啊。"

炮兵悄悄瞄准，一发炮弹出膛，正落在章高元旁边十几步远的地方，一声巨响，硝烟滚滚尘土飞扬，广武营管带李鸿和几名清兵倒在了血泊中。爆炸掀起的气浪把章高元等人也击倒在地。

章高元爬起来，冲到李鸿面前一把抱起了他，一边摇晃一边哭喊："兄弟！李兄弟！你怎么样？快说话啊，你没事吧兄弟？"

李鸿努力睁开了眼，看了一眼章高元，说："镇台大人，属下……属下怕是……怕是不能跟随大人……南征北战了。大人……大人保重。"李鸿死不瞑目。

章高元大哭："李兄弟，你不能死啊！不能死啊！我身边已经没有几个老兄弟了！你跟我征战几十年，没死在捻子手里，没死在法国人、日本人手里，怎么能死在德国人手里呀！兄弟，兄弟，你醒醒，醒醒！"

众人跪倒，流泪。

对面翻译又喊："刚才只是一个警告！司令员有

令，十分钟内不撤军，万炮齐发，鸡犬不留！"

章高元忽地站起来，抽出战刀就要往上冲："你们这些狗强盗！老子跟你们拼了！"

范钦一把抱住："镇台大人！冷静！您是主心骨，不要失了分寸。"

孙璋也上前，抓住了战刀，说："是啊大人，两千将士的命都在您手上啊，还有朝廷的旨令啊。来，松手，把刀给我。"

章高元无奈，叹气，松手。孙璋把刀插回刀鞘，说："章大人，能屈能伸，咱撤吧。"转头对士卒："撤军！搭把手把李将军和死去的弟兄们带走！"

清兵们上去抬尸体，傅二、姜海龙扶起李鸿的尸体，章高元推开他们，亲自背起了李鸿的尸体。

范钦："镇台，不可！"

章高元眼一瞪："让开！"

清军撤退。

53. 撤兵路上　日　外

撤退路上，章高元颓靡不振骑在马上，副将范钦问："镇台，咱们真的要撤出女姑口吗？"

章高元语气坚定："不！青岛是我的，不能就这么让出去！去李沧扎营，等候夏总兵增援！"

范钦："是!"

54.山东巡抚衙门　日　内

幕僚向李秉衡汇报章高元战况："章高元电报中说,德军尾随至四方,先出言恫吓,后开炮威胁,炸死管带一名,士卒数人,因无枪炮弹药,又有总理衙门不得开战之严命,无奈只得再撤兵至李沧,等候援兵和枪炮援助。"

李秉衡："章高元这混蛋! 就知道撤撤撤! 当年的章迁子哪里去了?"

幕僚："抚台大人,这怨不得章高元了,他的火炮弹药尽数沦入德军之手,他就是想打也没法子打啊。"

李秉衡叹气,说："愚蠢! 愚蠢啊!"

又对幕僚说："速发三道电文,一、查询夏辛西的部队走到哪儿了,命他加速前进,去李沧会合章高元;二、电令章高元屯扎李沧,不许再退一步,等候夏辛西救援,德军若再行挑衅,拼死一战! 违者军法从事! 三、上报总理衙门章高元战况及山东地方民心惶惶皆愿开仗,请求下旨对德宣战!"

幕僚："是!"

55. 北京颐和园　日　外

（字幕：1897年11月17日）

慈禧太后、光绪帝、奕訢、奕劻、荣禄、李鸿章、王文韶等满汉大员一边陪太后游园，一边汇报胶州湾事件。

慈禧："诸位臣工，不在衙门里忙，怎么有空都跑到我这儿来了？"

光绪："皇阿玛，是胶州湾的事，总理衙门拿不准，来向皇阿玛讨个主心骨。"

慈禧："哦？王文韶，胶州湾又有什么新情况了？说说吧。"

王文韶："是，老佛爷。前日德军追至四方村，逼迫章高元退出女姑口，还开了炮，炸死一名管带数名士卒。章高元无奈，再退兵全李沧，并发电请援、请战。"

慈禧："李秉衡那里什么主意？"

王文韶："李秉衡坚决请战，已调登州总兵夏辛酉率部紧急驰援，估计今天就能赶到李沧了。另外，曹州方面已经新招了五营人马，也赶去增援。"

慈禧："你们是怎么回复的？"

王文韶："按照朝议的决定，已经命他们只可力持，不得开战，可是……可是……"

慈禧："可是什么？有话直说好了。"

王文韶："是，老佛爷。可是李秉衡一日数次请战，还说……还说……土地不可自他而失。臣担心李秉衡意气用事，轻开战端啊。"

慈禧："胡闹！李秉衡是越来越不懂事了！就知道战战战！捅出了娄子不还得咱们去替他弥补？"

慈禧再问："许景澄那边跟德国交涉得怎么样了？"

翁同龢："臣问过了，许公使说没有任何进展，德国外交部先是拒不谈胶州湾之事，后来干脆不见许景澄，只说由驻华大使海靖全权处理。我等几次去德国使馆拜访，他们只说海靖不在使馆内，看样子是故意拖延。"

慈禧又问李鸿章："李中堂，俄国那边怎么说？"

李鸿章："禀老佛爷，俄国方面答应出兵干涉，不日即派军舰出发了。"

慈禧嘘了一口气，问："恭亲王、庆亲王，你们觉得如何处理为妥？"

奕訢："老佛爷，我们几个昨天商议了一天，也没个定见，还请老佛爷、皇上圣断。"

慈禧："我看哪，这仗还是打不得。俄国既然答应出兵了，我看还是再等等吧，总以外交斡旋不动刀兵为上策。让许景澄那边继续谈，有什么条件就让他们提出来，能答应的就答应了吧。我倒是担心李秉衡那小子不听话，真要是开枪开炮了这事就闹大了。这么的吧，山东的防务就由王文韶来管着吧，别让李秉衡瞎掺和了。好了，我也累了，都去忙吧。"

众人行礼："是！太后圣明！"

56.青岛李沧，章高元大营外　日　外

夏辛西率部连日急行军，已经赶到李沧，章高元率人亲自迎接。章夏相见，悲喜交加，抱在一起。章高元喜极而泣："夏兄，你可来了！"

夏辛西："章兄，我来晚了，让你受委屈了。"

章高元抹了下眼泪，说："夏兄远来辛苦，快到里面休息。"吩咐范钦、孙璋，"快快安排将士们协助兄弟部队扎营休息！"

夏辛西："章兄，不急。抚台大人电文吩咐，章兄弹药尽落敌手，让我务必多带火炮弹药，章兄还是先让各营领取弹药吧。扎营的事让他们自己去做。"吩咐自己的部将："速速扎起营盘、架设火炮，安排轮流布防。"

部将："遵命！"

章高元："多谢夏兄。"接着对范钦说："范将军，就依夏总兵的，速安排各营领取弹药！"

范钦及各营管带兴奋不已，齐声说："遵命！谢夏总兵！"

二人相视一笑，携手走向指挥部。

57.章高元指挥部　日　内

章、夏二人落座，姜海龙冲茶倒茶。

章高元："海龙啊，夏总兵是老熟人了，你到偏房叫夫人前来相见吧。"

姜海龙："是!"退出。

章高元："夏兄一来，我就放心了。这数日事起仓促，被德寇步步紧逼，实在是受够了窝囊气! 几次想率众一搏，拼死战场，一来朝廷有令不得开战，二来顾及将士性命，以至于遭受奇耻大辱! 想我一世英名，怕是要丢在青岛了!"

夏辛西："章兄莫要如此说，你我军旅中人，须知胜败乃兵家常事，如今你我兵合一处，兵精弹足，应尽快联名上报朝廷请求开战，一举收回失地! 章兄的英名不就回来了吗!"

章高元："对对，夏兄教诲得是! 我即刻安排发电报。"

二人开怀大笑。姜海龙报告："夫人、小姐到!"

章高元："快进来拜见夏兄。"

夏辛西赶紧站起来躬身，章夫人带水月进来，向夏辛西施礼。

章夫人："夏大哥一向安好?"

水月："夏伯伯好！"

夏辛西："好，好，嫂夫人好！哟，几年不见，水月姑娘长大成人了！快坐，快坐下说话。"

章夫人、水月落座。

夏辛西："章兄，这就是你的不是了！兵荒马乱的怎可把夫人、小姐带在身边？应该早早安排她们到登州才是！"

章高元叹气："唉！我岂不知？只是战事骤起，若急于送走她们，只恐乱了军心啊！"

夏辛西："现在我来了，就不用担心军心紊乱了。这样吧，我安排下属尽快带夫人小姐去登州，嫂夫人小姐若不嫌弃，就先住到我府上，可好？"

章高元、夫人、水月起身施礼，章高元："如此就烦劳夏兄了。"

章夫人："有劳夏大哥。"

水月："多谢夏伯伯。"

夏辛西大笑："自家兄弟，客气什么。快坐，坐。"

58. 北京直隶总督府　日　内

王文韶问幕僚："章高元、夏辛西都说了些啥？"

幕僚手里拿着电报，说："回大人，电报里说章、夏已经合兵一处，枪炮弹药充足，七个营的兵力数倍于敌，士气高旺，战机在我方，所以联名请战，收回青岛。"

王文韶："胡闹！章高元怎么也学李秉衡了？不是都告诉他了吗？电复章、夏，于李沧屯扎，非奉旨不得妄动！另，敲打一下章高元，轻敌大意，玩忽职守，导致如此局面！尚是戴罪之身，先想想怎么戴罪立功吧！别一天到晚打啊打的。"

幕僚："是，大人，属下这就去做。"

59. 李沧章高元指挥所　日　外

章高元、夏辛西、姜海龙送章夫人、水月上马车。夏辛西安排数名护送的骑兵："一路好生伺候着，不可懈怠！"

亲兵："遵命。"

章夫人眼含泪水："老爷，保重啊。"章高元摆了一下手。

水月："义父，保重！"却拿眼睛瞟了一眼姜海龙。

姜海龙向前一步又停下，欲言又止。章高元看在眼里，说："海龙，去跟水月告个别吧。"

姜海龙腼腆地走到水月跟前，水月拉住姜海龙的手，泪水夺眶而出，说："海龙哥，千万保重。"

姜海龙："水月，你也要保重，仗打完了我会去接你们的。"

章高元："好了，快点上路吧。"

马车启动滚滚而去。

60. 青岛李沧郊外　日　外

李沧大营对面，迪特里希率数百德兵再次赶到，德军摆出攻击的阵势，炮兵们在架设火炮。

迪特里希和叶世克拿着望远镜在仔细观察清军阵地。叶世克放下望远镜，忧心忡忡地说："司令官阁下，章高元的部队怎么多了这么多的人？火炮是哪儿来的？"

迪特里希："叶世克上校，这还用问吗？章的援军来了。岂止是有了火炮，弹药应该也很充足了吧。"

叶世克着急地说："那怎么办？清军兵力远胜于我数倍，如果真打起来，我们怕是……"

迪特里希放下望远镜，笑了笑，对叶世克说："上校，你不用担心，海靖大使给我的情报说，他们的朝廷已经决定不开战，还剥夺了坚持抵抗的山东巡抚的兵权。海靖大使现在正在与清廷谈判呢。章高元是不敢违抗他的皇帝的命令的，我们只需要耐心等待就好。"

叶世克舒了一口气说："那么，这次我们还主动进攻吗？"

迪特里希："不，现在进攻我们赚不到任何的便宜，我们只需要等待。你去传令，部队准备长期驻扎，扎起营帐来。"

叶世克："是，司令员。"

61. 清军李沧大营　日

（字幕：1897年11月19日）

章高元骑上战马要一个人前去德营谈判，部下马前阻拦劝说，姜海龙抓住缰绳不放。章高元大怒："你们让开！"

范钦苦苦相劝："镇台，您是主帅，部队离不开您，您不能去！"

杨山等也说："副将大人说得是，您不能以身犯险！"

夏辛西匆匆忙忙跑过来，说："章兄，你这是要干吗去？"

章高元马上抱拳："夏兄，朝廷严令不许打，你我不敢违抗。可是青岛是我弄丢的，我有罪啊！朝廷责我失职之责，我现在是戴罪之身哪！既然不许打，我只有去谈判一条路了，旦有一线希望，也算戴罪立功了。"

夏辛西："章兄，你糊涂啊！德军能做出如此卑鄙的事来，你觉得他们会被你的三言两语打动吗？再说丢了青岛，责任也不全在你身上，朝廷早有严令，对外国舰船好生接待嘛！怎么能怪罪你一人？"

傅二："是啊大人，德军就是一伙强盗，您去了是自投罗网，他们要是扣押您要挟我们退兵怎么办？大人不能去！"

章高元沉吟片刻："对啊，幸亏你提醒，我怎么没想到这一层呢？"随即提高声音："众将官听令！我此番去德营，若被扣押或杀死，你等尽听夏总兵号令，不得违抗！"

众人跪倒："大人，使不得！"

夏辛西："章兄啊，还要三思啊！

章高元："夏兄不用再劝了，我意已决，朝廷不许打，但我总得做点事，不求能将功赎罪，也换得个心安啊。军营的事，夏兄多费心了！"对姜海龙大喝："放开！"

姜海龙紧抓住缰绳："不！"

章高元扬起马鞭，一鞭子抽下去，姜海龙受疼松开了手。章高元策马向前，大喝："你等让开！"

众将官跪着不动。章高元大吼："你等要看着我憋屈死吗？"扬起马鞭就要抽下来。夏辛西拦住："章兄息怒！"然后对大家说："你们让开吧。"

众人不得已，起身闪开。夏辛西叹气，说："章迁子啊章迁子，你还真是个迁子呢！好吧，我答应你，但是，万一你有个三长两短，我就不管他朝廷不朝廷了，我必将带领部队踏平德营，一个不留，为你报仇!"

众将官齐声："踏平德营! 踏平德营!"

章高元眼含热泪，抱拳："多谢夏兄高义! 多谢众兄弟!"

独自一骑前往德营而去。

62. 德军大营指挥部　日　内

哨兵来报："章高元一人前来军营。"

迪特里希和叶世克互相疑惑地看了一眼，百思不得其解。

迪特里希想了一会儿说："叶世克上校，我觉得我们的机会来了。章自己送上门来，是给了我们一张王牌。控制了他，我们就控制了清军。我回避一下，你去跟他交涉，然后安孟上尉把他带到青岛扣押，先关押在炮台。"

叶世克、安孟敬礼，退下。

63. 青岛山炮台监狱章高元囚室　日　内

章高元暴跳如雷，大喊："你们这些强盗，毫无信义! 不讲规矩! 你们凭什么扣押我? 我要见迪特里希!"

囚室外，安孟笑嘻嘻地："章将军不要发怒，我们不是关押，是关照您。司令员说了，只要您下达命令，按照约定撤兵，我们的司令员会跟您见面的。"

章高元："呸！休想！没有朝廷的旨意，我是不会撤兵的！告诉迪特里希这个混蛋，没有了我的消息，我的部队会踏平青岛，你们全得下海喂鱼！把迪特里希给我叫来！"

安孟冷笑，带人离开。

晚上，德军送来饭菜，被章高元扔出。

第二天早上，德军送来饭菜，又被章高元扔出。

第二天中午、晚上，饭菜还被扔出。

章高元绝食抗议。

第三天早上，安孟来了，劝说章高元："章将军，我们司令员并不想难为您，只要您答应命令军队撤出，立刻就是司令员的上宾，您这是何苦呢？"

章哼了一声，扭头不理。安孟继续说："您不吃饭，饿坏了身子，或者饿死了，您的部队会陷入混乱，会失去理性，您觉得这样的部队还能打赢战争吗？"

章一愣，说："我吃不惯你们的饭菜，让胡记酒楼给我送饭菜来。"（注：胡善成开的酒楼）

安孟离开。

胡记酒楼的伙计前来给章高元送饭。

章看见换了人，低声问："你是胡善成的伙计？"

伙计看到是章高元，大吃一惊："天啊，是章大人？"连忙拿手一捂嘴，低声："大人，怎么会是您呢？德军找我们胡掌柜要给监狱送饭，胡掌柜还纳闷呢！"

章高元："快把我的情况告诉胡掌柜，让他设法告诉夏总兵。"

伙计眼圈发红，哽咽着说："是，大人。大人您受委屈了。您等着，我马上传话，让夏大人带兵来杀了这帮畜生。"

外边德军喊话："快一点！"

传来德军脚步声。伙计赶忙拿起篮子离开。

化装成伙计的胡青衣前来送饭，小声叫："章大人？章伯伯？"

章高元回头，又惊又喜："胡青衣？怎么会是你？"

胡青衣："我爹让我来的，他把您的情况告知了夏总兵和傅二他们，傅二带了一部分人乔装打扮，现在就在酒楼找机会救大人呢。哦，饭菜里有夏总兵的信。"

章高元焦急地问："快说说，外面什么情况。"

胡青衣："章伯伯失去消息后，部队很着急，都要开战救大人出去。夏大人暗中已经调兵遣将，包围了德国的军营，因为没有您的消息不敢妄动，担心贸然进攻反而会害了您，但已经把情况上报朝廷了，请求下令开战。"

章高元一拍大腿："嗨！夏兄啊夏兄！你怎么也犯浑了？还管我这条老命干吗啊，打呀！快打啊！"

外面德军喊话："说什么呢?"

一阵杂乱脚步声响起，几名德军看守端着枪冲进来。胡青衣赶紧收拾起篮子要走，被德军拦住。

一名德军问："磨蹭半天，说什么呢?"

胡青衣不说话，避开要走，德军一把揪住了胡青衣的帽子，帽子脱落，流下一头秀发。胡青衣大惊欲逃，被德军抓住。

章高元大喊："放了她！给我放了她!"

德军拥入牢房，从章高元的身上搜走了密信。德军头目大怒："统统给我带走!"

64. 德军旗舰恺撒号指挥室　日　内

为了防止章高元同外界联系操控部队，迪特里希下令把章高元押解到旗舰恺撒号上看管，并在旗舰上与章见面。章高元一见迪特里希就怒火冲天，斥责："迪特里希！你凭什么扣押我？我是来谈判的，两国交战不斩来使，你还有没有点军人的操守？你不配做一个军人！你玷污了军人的形象！我以礼相待，你却偷袭我，你就是个强盗！不，你连强盗都不配！你就是个窃贼！有种你放我回去，咱们兵对兵将对将战场上打一仗！你若不敢放我回去，咱俩公平决斗，一决生死！"

迪特里希问："他说什么？"

翻译官："司令员阁下，章将军的意思是，您靠偷袭打赢他不光彩。"

迪特里希大笑："告诉他，贵国的兵圣孙子说，兵者诡道也，章将军身为军人难道不知吗？"

章高元听了翻译官的话，怒不可遏，冷不防抽出了身旁德兵卫士的战刀，冲向前去要刺杀迪特里希。卫士反应过来赶忙抱住了他。

章高元欲举刀自刎，迪特里希大惊："拦住他！"另一名卫士抱住了章高元的胳膊，其余人一拥而上，抢下了战刀。

章高元拼命挣扎出来，转身跑出门，冲向甲板，欲投海自尽，迪特里希等人跟着跑出，大喊："拦住他！快拦住他！"

甲板上的德军冲向了章高元，船舷边的德军则护住了船舷，将章高元控制住。

迪特里希长嘘了一口气："算了，我不跟他谈了，先关起来，防止他自杀！"众人押送章高元进船舱囚室。章高元边走边回头骂不绝口："强盗！狗贼！军人的耻辱！有种杀了我……"

65. 北京太和殿朝堂　日　内

朝堂上乱作一团。

王文韶奏报山东军情："皇上，青岛方面急电，德军分兵攻下了即墨、胶州两座县城。章高元一人去跟德军谈判遭到扣押，要挟我军退出青岛。夏辛酉目前节制章高元的军队，已经做好战斗部署，军民汹汹，请求一战！另，山东巡抚李秉衡再次上表请求与德决战。"

光绪："不是不让李秉衡管山东防务了吗？多事！翁太傅、张荫桓，你们跟德国外交部交涉得怎么样了？"

翁同龢："禀皇上，许景澄与德国外交部交涉，德方推脱说全权由驻清大使海靖负责，让我们跟海靖谈。"

张荫桓："皇上，臣多次与海靖交涉，海靖傲慢无礼，拒不撤兵，反而得寸进尺，提出解决曹州教案六项条款，臣不敢做主。"

光绪："都是什么条款？"

张荫桓："一、山东巡抚李秉衡革职，永不叙用。二、中国应赔银盖造济宁教堂，并赐立匾额。三、惩办巨野教案之所有盗犯，教士所受损失应全部赔偿。四、中国应许特保嗣后永无此等事件。五、山东省如有建造铁路之事，中国先准德国商人承办，如有在铁路就近开矿之事，亦应先准德国商人承办。六、德国办理此案所费之银，中国予以赔偿。”

光绪：“咱们答应了他这六款，德国退不退兵？”

张荫桓：“臣也问了，海靖说必须先落实了六条款，再谈退兵之事。”

荣禄：“皇上，海靖明明就是在拖延时间以待支援！机不可失，时不再来，趁眼下德军势孤，应抓住战机，一举歼灭之！皇上明察。”

光绪沉吟一会儿，问李鸿章：“李中堂，俄国的军舰出发了没有？何时到胶州湾？”

李鸿章：“皇上，臣无能。俄国背信弃义，沙俄军舰行至旅顺、大连就不再前行，也学德国的做法，强行登岸休整，已经控制了旅顺、大连。臣建议，速联合英、日两国，以对抗德、俄。”

光绪大怒：“李鸿章你大胆！欺朕误国！”

李鸿章吓得扑通跪下：“臣不敢。”

荣禄：“皇上，以夷制夷何其谬哉！列强虎视眈眈，只会互相勾结侵害我大清，岂会以我大清为念？此风断不可长！臣以为，此次始作俑者为德国，可以先对德国用兵驱除，俄国必然知难而退。”

光绪：“若德俄串通一气对我宣战呢？”

荣禄：“那就分兵击之！”

光绪：“区区一个日本小国，尚且能覆灭我北洋水师，荣禄，你觉得我们能打得过这两个大国吗？"

荣禄无语。朝堂陷入死寂。

光绪问奕訢："恭亲王，你说说吧。"

奕訢："臣以为，以夷制夷之策已经失败，此举无异于以虎驱狼。若与之开战，又无胜算。臣以为，不能轻开战端，还以息事宁人为最好，北边稳住俄国，南边暂且答应德国的条件，撤出章高元、夏辛西部队，以免变生不测局势失控。然后再通过外交斡旋，徐徐图之。"

光绪问群臣："诸位臣工觉得如何？"

众人："臣等听皇上圣裁！"

光绪："那就先这么办吧。调任陕西布政使张汝梅为山东巡抚，李秉衡就让他去四川任总督吧，避避风头。其余的条款都答应了。调章高元率部同夏辛西一起撤出青岛，回登州。退朝！"

66.德舰恺撤号指挥室　日　内

（字幕：1897年12月3日）

迪特里希会见章高元，告诉章高元："章将军，您可以回去了。"

章高元有些诧异，问："你们同意退兵了？"

迪特里希笑了，说："不是我们退兵，是你的朝廷要你退兵了。"

章高元满脸疑惑，随德军下舰。

67. 李沧野外　日　外

（字幕：1897年12月17日）

路上行进着一支垂头丧气的数千人的队伍，章高元、夏辛酉等将官骑马在前，也是一副无精打采的样子。

前面一群百姓拦住了去路，跪在马前求章高元不要走。

"章大人，您不能走啊！"

"章大人，您走了我们怎么办？"

"章大人，留下吧，带我们一起打德寇！"

章高元、夏辛酉下马搀扶，众将官也纷纷下马。

章高元："诸位父老，章高元有愧啊！章高元不愿弃父老于不顾，可朝廷有令，不得不从啊！"

一青年百姓："大人，这样的朝廷理它做什么？我们老百姓就算倾家荡产，也要支持章大人留下来抗德！大家说是不是啊？"

众人七嘴八舌："是啊章大人，我们有钱出钱有粮出粮有人出人，只求大人留下来。"

傅二、姜海龙跪下请求："章大人，留下来吧！"

章高元痛哭失声，说："如此百姓，愧煞章某了！"

孙璋见状不妙，赶紧扶住章高元，低声："大人，千万冷静！莫做了朝廷罪人啊。"给范钦、夏辛西使了个眼色。范钦、夏辛西赶紧上前拉起了傅二、姜海龙。

范钦："二位要陷章总兵于不忠吗?"

傅二、姜海龙对望一眼，再次跪下，说："章大人，我二人是本土人，故土难离，愿留下来组织乡勇抵抗德军，恕卑职不能鞍前马后了。"

章高元疾步上前扶起，拉住二人的手，说："二位大勇，我不如也！"转向百姓："章某人皇命在身，非不愿与父老同仇敌忾、浴血沙场，实不能也。愧对父老！"单膝跪倒谢罪。然后起身向军队："你等有愿意留下来跟随傅二、姜海龙的，就站过去，本帅绝不怪罪！"部队骚动，百余人走出，站到傅二身后。

章高元对傅二等人抱拳施礼，说："各位勇上！保重！"

众士卒："大帅保重!"

章高元解下战刀，拔出战刀，凝视锋利的刀口，说："此刀随我数十年，杀过长毛贼，杀过捻子，杀过日本人、法国人，饮血无数！可惜啊！不能尝尝德国人的血！"

锵啷啷一声战刀入鞘，双手捧送给傅二，说："此一别，此刀怕是再也无缘沙场喋血了！我留着无用，宝刀赠英雄！傅二，你拿着这把刀，替我多杀几个德寇！"

傅二双手接刀，大声说："卑职领命！定不负大人所托！"

众人齐喊："杀德寇！保家乡！"

章高元上马，众人跟随上马。章高元命令："广武营将士听令，把你营的枪支弹药全部留下！出发！"

大部队出发，广武营纷纷留下枪支弹药，傅二率部下、百姓跪送，大喊："谢章大人成全！"

68. 德国皇家码头　日　外

此时，德皇威廉二世亲自送别亨利亲王带领的、支援青岛德军的第二舰队，向遥远的青岛进发。

第四部分

抗德义勇军

69. 海上　日　外

蔚蓝海面，一艘快船在前行，船上是一群百姓打扮的人。船头上傅二、姜海龙和胡青衣在说话，船尾几名水手在奋力划船。

胡青衣："傅二哥，咱们这是要去哪里？"

傅二："去我的家乡，胶州塔埠头，找我的伯父共商抗德大计。"

胡青衣："太好了！傅二哥，你怎么从来没提起过你伯父的事啊？"

姜海龙："就是啊，傅二哥，我们朝夕相处，也没听你说起过还有个伯父呢，快跟我们说说吧。"

傅二看了两人一眼，笑了笑说："两位莫怪，不是我不愿说，是不能说。我的伯父傅青山，也是我的授业恩师，早年参加捻军，是遵王赖文光手下爱将，在寿光大战突围后与遵王走散。其后遵王被俘遇害，我伯父心灰意冷，遂隐居老家塔埠头。他目前还是朝廷钦犯呢，我怎么能到处乱说呢？"

姜海龙、胡青衣相视一笑，胡青衣："我说呢，原来如此。傅二哥，咱们去投奔他老人家，他会管我们的事吗?"

傅二坚定地说:"会的!一定会管的!"

70. 塔埠头村　日　外

山坳里一个破旧的小村子,散落着几十户人家。傅二等人来到村头一户人家,敲响了大门。院门打开,年近七旬、瘦小精干的傅青山开门,看到傅二吃了一惊,说:"傅二,是你啊?你怎么回来了?"

傅二跪下:"拜见伯父。"

姜海龙、胡青衣也跪下:"拜见老伯。"

傅青山开怀大笑:"快起来快起来,里面说话。"

71. 傅青山家　日　内

堂屋内,众人围坐喝茶,傅二为伯父介绍姜海龙、胡青衣以及随行众人认识。

傅二:"伯父,朝廷无能,山河破碎,国将不国,家将不家,我们这些人不忍见家乡沦落德寇之手,父老惨遭蹂躏,所以坚决留下来抗击德人,还请伯父出山相助!"

傅青山:"老朽风烛残年,垂垂老矣!怕是帮不了什么忙了。"

傅二:"伯父说哪里话!我看伯父宝刀未老,老当益壮，岂可轻易说老呢？您老当年叱咤风云的雄风哪里去了？"

傅青山叹气道："唉！当年是当年，今天是今天。何况当年又如何呢？还不是被你们眼里腐败无能的朝廷给剿灭了？老朽如今可还是朝廷钦犯呢，还是让我苟延残喘，安安静静地了此残生吧。"

姜海龙着急，起身抱拳说："老英雄，当年是自家人打，现在可不一样了！是洋人在打我们，欺负我们呢！兄弟阋于墙，尚且能够外御其侮，老英雄岂可坐视家乡沦为洋夷之地？岂能容忍乡亲们受洋夷的欺压？"

胡青衣也站起，抱拳说："是啊老英雄，我一介女流尚且不愿做亡国之奴，虽不能上阵拼杀，却也竭尽全力相助。我爹爹不过一介商贾，尚且多方奔走、暗中帮忙，老英雄不能坐视不管啊！"

傅青山眼神透出一道厉光，转瞬即逝，复归平淡，说："朝廷都不敢管，我们能管得了什么？到时候朝廷顶不住洋人压力，反而会派兵剿灭我们，白白丢了自家的性命。"

傅二："伯父，不会的。朝廷也不是铁板一块，对付洋夷这件事上，主战派绝不在少数，远的不说，咱们山东巡抚李秉衡大人、章高元总兵、夏辛西总兵等人都是主战的。"

傅青山说:"那又如何?李秉衡还不是被赶走了?章高元还不是丢了青岛乖乖撤兵了?"

傅二:"那不代表他们不敢打啊,伯父!章高元迫于朝廷命令,不敢不撤,那是忠于朝廷,不是怕洋夷!何况章大人撤兵时,不但允许一部分士兵留下来抗德,还冒着丢官罢职杀头的风险,给我们留下了一个营的军火呢!"

傅二拿起战刀,给傅青山看:"伯父请看,这就是章大人送我的战刀!这把战刀随他几十年,杀了多少法国和日本的强盗,我是亲眼看见的。他流着泪嘱咐我,让我替他多杀德寇呢!"

说着流下了眼泪。

姜海龙也说:"是啊老英雄,不但章总兵不惧洋夷,就是新来的巡抚张汝梅大人,其实也是主战的。他表面听从朝廷的号令压制民间的大刀会,其实在暗中保护和发展大刀会呢!朝廷里主战派是主流,可惜他们眼下不掌权。哪天一旦朝廷决定用兵了,李秉衡大人、张汝梅大人、章高元、夏辛西这些久经战阵的猛将,岂能容些许洋夷横行我中华!"

傅青山听此一说,不觉豪气陡生,问:"那你们有何打算?我能帮你们做什么?"

傅二三人相视一笑,傅二说:"伯父,我们现在有百余人，都是跟随章大人久经战场的好兵，也都是咱们胶东的好儿女！现在城镇要地都被德军控制，我们在那里没有存身立足之地。所以我们眼下最迫切的是找一块隐秘的存身之地，暗中招兵买马、操练战士。所以，就来投奔您老了。"

傅青山笑道："傻小子，算你有眼力！塔埠头村子虽不大，但前临大海，海路陆路都畅通，地方又偏僻，确实是个屯兵操练的好地方。"

傅二说："这么说，伯父是答应帮忙了？"

傅青山说："答应了！还有什么要求，我全答应了！"

三人欢呼雀跃，胡青衣说："太好了！太好了！"

不自觉地抱住了傅二。傅二脸一红，赶紧把她推开，胡青衣也羞红了脸。

傅青山看着这一幕，笑得很开心。

傅二说："伯父，现在最要紧的，一是知会村民，严格保密，绝对不能把我们组建军队抗德的事泄露出去；二是需要一处比较大的房子做议事厅；三是建起一些房子来供我们居住。白天我们下地干活儿，跟百姓无异，早晚操练军队，也好掩人耳目。"

傅青山："好，很好！这叫屯田制，看来你没白白在军队上混啊。傅二放心，塔埠头的村民，一部分是当年跟随我突围出来隐居在此的捻军战士，其他的村民也都是忠勇剽悍的乡民，我会逐一交代他们的，不但不会泄密，还会参与进来呢。议事厅嘛，我看就在祠堂吧。建房子的事，我会动员村民帮助。对了，名不正则言不顺，你们要抗德，总得有个名号、挂面旗子吧？想取个啥名？"

傅二三人沉吟一会儿，傅二、姜海龙同时说："抗德义勇军！"

胡青衣拍手叫好。傅青山一拍桌子站起来说："好！这名字响亮！就叫抗德义勇军！俗话说鸟无头不飞，人无头不走，咱们这义勇军也得有个头领吧？我看就你俩吧，傅二大头领，海龙二头领。"

姜海龙："不好不好，老英雄，您老久经沙场，经验丰富，还是您做头领能服众，我和傅二哥打个下手吧。"

傅青山摆了摆手说："海龙啊，你有所不知，我们那阵子起事，主要靠的是刀枪剑戟，拼的是力气，现在可不一样了，舞枪弄炮的我可不行啊。再说年龄大了，也不能冲锋陷阵了，以后的事还得靠你们小伙子呢。行了就这么定了，大家别闲着了，分头去忙吧。"

72. 塔埠头村　日　外

村内热火朝天。

一部分村民帮着义勇军在建房子。

傅青山在祠堂前空地上教义勇军操练刀法。

姜海龙带领一批义勇军在空地上教授擒拿格斗。

傅二、胡青衣带着一批青壮年村民在野外演练枪法。

73.祠堂议事厅　夜　内

傅二、姜海龙、傅青山和胡青衣正在祠堂议事厅说话。

傅二："伯父、海龙，我们在这里秘密操练数月，颇有成效，只是远离青岛，消息不通，也不知青岛那边什么情形了。要不这样吧，明天我去打探一下情况。你们继续督促大家操练。"

胡青衣："那可不行！那么多德军都认识你呢，你和海龙哥留下来抗德的事肯定传得满城风雨了，德国人岂会放过你们？你去了危险，还是我回去看看吧。正好见见爹娘。"

傅二："你一个女孩家不方便，还是我去吧，乔装打扮一下就好。"

姜海龙："傅二哥说得是，胡青衣姑娘做这事太危险，还是我回去一趟吧，我多少有些拳脚功夫。傅二哥和胡青衣留下。"

胡青衣急了，说："姑娘怎么了？我爹爹交代过我，有什么事让我来回报信呢，怎么就不能回去了？"

正争着，外面两名义勇军来报："报二位头领，抓住一名探子！"

傅二："带进来！"

两名义勇军押着一蒙着眼睛的人进来，蒙眼人边挣扎边喊："我不是探子，我是来找傅二和胡青衣的，自己人！自己人！"

胡青衣跳起来："爹爹！"

跑上前去解开蒙眼布，"爹爹，您怎么来了？"

对两名义勇军："两位大哥，是我爹爹，自己人。"

两名义勇军道歉："失礼失礼！胡大叔见谅！"

胡善成："没关系没关系，不知者不怪。严密一些好！严密一些好！"

傅二："你俩下去吧！"

两人退下，带上门。

傅二、姜海龙上前拜见胡善成，介绍傅青山相见，胡青衣给父亲倒茶水，五人坐下叙话。

傅二说："小侄等人正在商量，明天去青岛探探情况呢，没承想胡叔叔就来了。"

胡青衣："这就叫，说曹操，曹操到。"

胡善成咽下茶水，说："胡青衣，怎么这么没大没小的？"

众人都笑。胡善成放下茶杯说："我可不是闲得没事来瞎转悠的，傅千总也不用辛苦跑一趟了，什么情况我都知道。"

胡青衣："爹爹，还叫千总！那是大清朝的官，傅二哥不稀罕！现在傅二哥、海龙哥另有官职呢，叫头领！抗德义勇军头领！傅伯伯是军师呢。"

傅二："岂敢岂敢，胡叔叔别听胡青衣的，在您面前叫什么头领啊！胡叔叔若不嫌弃，称呼我俩小侄就好。"

胡善成满脸是笑，看了一眼胡青衣，说："好好，自家人不说两家话，那我就叫贤侄了？"

胡青衣红了脸，说："爹爹！快说正事吧。"

胡善成："好，好，说正事。哎呀，这事还挺多的，不知从何说起呢！大家别急，我一件一件说吧。"

几人脑袋凑上前细听。

胡善成："这第一件事嘛，是个好事。两位贤侄留下抗德的事啊，已经传遍了青岛各地，德国人是到处在打听你们的下落啊！"

胡青衣一撇嘴："这还叫好事？"

胡善成瞪了胡青衣一眼："别插嘴！我这不正说着呢？"

胡青衣吐了一下舌头。

胡善成继续说："可是除了德国人，还有人在打听呢。"

傅二、姜海龙、傅青山互相望了一眼，"噢？"

胡青衣张嘴欲问，又闭上了嘴。

胡善成继续说："咱青岛的几个士绅商贾，知道我与章总兵府上熟，也都悄悄来我家打听你们的下落。"

胡青衣急了，说："爹爹，这不能说！快说，你说了没有啊？"

胡善成："这丫头！这么性急呢？我当然知道利害，不能说！我说我也不知道啊，也没人告诉我呢。我就问他们打听这些干吗啊，难不成也想向德寇邀功请赏去吗？"

姜海龙："他们怎么说？"

胡善成笑了，说："我拿这话一激啊，他们差点跟我翻了脸！说我门缝里看人把人都瞧扁了。他们可不差这几个钱，更犯不上做洋人的狗奴才，他们打听这事，是想要捐些钱财，给你们买枪买炮，好打德寇呢！那你们几位说，这算不算好消息呢？"

众人一听大喜，傅二说："好消息！绝对是好消息！钱财事小，说明我们留下抗德是得民心的。"

傅青山说："唉！我只以为我们这些穷百姓才剽悍义气呢，没想到这些有钱的士绅商贾也有这份心呢！"

胡青衣着急，问："那爹爹跟他们说了吗?"

胡善成狡黠一笑："我才没那么草率呢! 我没说，我只告诉他们，我也想捐钱捐物呢! 我会替他们打听着，一有消息就转告他们。"

姜海龙："胡叔叔做得好! 做得对! 傅二哥，我看这事可以相信他们，支持我们的人越多越好，否则我们独力难支，怎么打得过德寇!"

傅二："行! 不过胡叔叔可得把好关，千万转告他们，绝对不可对外泄露消息，自己的亲人都不能说!"

胡善成："这是自然，我会做好的。接下来的事就没有好消息了。"

胡青衣："快说啊爹!"

胡善成："这第二件事嘛，就是德国的皇帝派他的弟弟亨利亲自带领一支舰队前来增援迪特里希，不日就要抵达胶州湾了。德国海靖大使以此为威胁，逼迫朝廷答应了德国的无理要求，签订了《中德胶澳租界条约》，期限九十九年，把青岛给卖了!"

众人"啊"了一声，姜海龙一拍桌子站起来，"这是什么混蛋朝廷!"

胡善成："海龙贤侄，你且坐下，这事还没完呢。"

姜海龙气呼呼坐下。胡善成接着说："李鸿章给朝廷出谋划策，要以夷制夷，请俄国出面抗德援清，没想到俄国当面答应了，背后却跟德国串通一气，也学德国人派出舰队强行占领了旅顺和大连港，逼着朝廷签订了为期二十五年的中俄旅大租地条约，控制了整个辽东。英、日、法纷纷效法德、俄两国，也以坚船利炮相威胁，也逼着朝廷签订了《中英订租威海卫专条》《中法广州湾租界条约》《福州口日本专用租界条款》。现在啊，好港口都被洋夷占据了！咱们大清朝的水师竟然找不到一处适合的港口操练军队了！"

众人听完，无话可说，满怀悲愤、沉闷不语。

良久，傅二问："胡叔叔，还有什么坏消息？"

胡善成："哦，还是青岛的事，德督罗绅达已经宣布青岛为自由港，对世界所有国家开放，然后再设立海关，对所有船只货物收税，借此搜刮钱财。他们还规定青岛土地买卖权归总督所有，竟然以每平方米一元的价格，将青岛的大量民宅民地卖给到青岛务商、办厂和开矿的德国商人。现在青岛前海一带大量的华人店铺关门、农民土地被卖，老百姓流离失所苦不堪言啊。我的酒楼离前海较远，还没轮到呢，说不定哪天也被德国人征收给卖掉呢。更可气的是，罗绅达建立了法院，却对德人、华人两套标准！德国士兵和商人在青岛为非作歹飞扬跋扈，劫掠、强奸，按照他们所谓的西方'文明世界'通行的司法制度来审理判刑，而对华人却实行殖民地针对'野蛮人'的刑罚制度，鞭笞、打板子、砍头、绞首等，还运来了在西方早已废止的断头机残杀中国人。"

众人早已听得义愤填膺，姜海龙说："百姓就这么忍了？官府难道也不出来为百姓说话？"

胡善成"呸"了一声，说："官府？官府都成了德寇的帮凶了！这不，前几日夜里，有个德国兵闯进青岛村民李象的家里，对李象的女儿强行非礼，李象情急之下把德国兵打死了。德国总督把此事照会了即墨县衙，要求他们严办，没承想这知县为了讨好德督，竟然不问青红皂白将李象判了个斩立决！德国人还不罢手，发布严禁华人携带和保有武器的法令，对居民进行大规模搜查，青岛所有的火枪、腰刀、扎枪、弓箭在内的民间防身器械全被搜走，违者就被抓走做苦役。就连百姓红白之事和演戏时燃放鞭炮均要事先呈报批准才允许，闹得是鸡飞狗跳，民不聊生啊！此事引起公愤，大家都在暗中串联，听说已经联合了一二百人，要攻打德军呢。不知这事算不算个好消息呢？"

傅二一听急了，说："此事万万不可！迪特里希的军队千余人，我们是知道的，而且武器精良，咱们的老百姓去攻打他们，那还不是拿鸡蛋碰石头白白送命？有仇我们去报，不能让他们白白送命。这样吧胡叔叔，你今晚休息一晚，明天一大早赶紧回去告诉大家千万不可莽撞，我们义勇军操练了几个月也差不多了，该给德寇一点颜色看看了。"

姜海龙："对！也该出口恶气了！只是我们对他们的布防情况不了解啊，怎么下手？从何处下手？什么时候下手？还得尽快去一趟探查清楚。"

胡善成笑嘻嘻地从怀里掏出一张纸，说："这个嘛，我早有准备，就不用专门跑一趟了。瞧瞧，这是我画的德军布防图。"

傅二赶紧摊开看，大喜："胡叔叔，你行啊！画得这么专业。"

姜海龙、胡青衣、傅青山也凑上来看，胡善成指点着介绍："现在德国人正在章总兵的基础上加紧修建炮台、兵营，瞧，前海一带有五大炮台阵地，这是团岛炮台，还是章总兵建的呢。这是正在修筑的台西镇（西岭）炮台，这是老衙门炮台，也是章总兵修的，没动。这是俾斯麦南、北炮台，德国人正在建呢，还有这儿是汇泉角炮台。"

傅二指着俾斯麦炮台问："这不是青岛山吗？怎么叫俾斯麦炮台了？"

胡善成："是青岛山，德国人给改名字了，叫俾斯麦山。"

傅青山忍不住骂了一句："畜生!"

胡善成继续介绍："德军的兵营有四座,最大的一座是俾斯麦兵营,也就是原来的嵩武营扩建的。太平山南麓的是伊尔提斯兵营。太平山北麓、毛奇山(贮水山)东边的是毛奇兵营。哦,这儿,章总兵广武营现在改为黑澜兵营,是德军的炮营。"

傅二问:"他们的军火库呢?"

胡善成指着俾斯麦兵营下面的建筑说:"就是这儿。"

姜海龙看着傅二,兴奋地说:"军火库?"

傅二重重地点了一下头说:"对,就是军火库!这儿离海边最近,方便我们偷袭和撤退,守护的人应该也不会太多。我们拿下军火库,可以补充弹药枪支,拿不走的就炸掉!这个动静最大。"

姜海龙说:"好!傅二哥,什么时候动手?"

傅二问胡善成:"胡叔叔,你刚才说德国亲王亨利来,知道是哪天吗?"

胡善成:"这个我打听到了,是5月5日,也就是大后天。"

傅二一拍大腿,兴奋地说:"那就这天了!亨利来了,迪特里希和罗绅达一定要摆宴接风,必定疏于防范,正是咱们下手的最好时机。再说了,亨利远道而来，咱也得给亨利庆贺一下不是？"

众人都兴奋起来叫好。傅二说："事不宜迟，咱们现在先部署一下，各自去准备。胡叔叔，你回去以后劝乡亲们不要妄动，这个仇义勇军给报，让他们挑选一些身强力壮的水手，您呢准备几艘快船，5日半夜时悄悄停靠海边，千万不要亮灯。等我们得手后，满载枪支弹药快速离开，从海路赶往塔埠头。"

胡善成："好嘞！"

傅二："海龙，咱这次偷袭，只能成功不能失败，半夜动手，不许带枪，更不能让他们有开枪的机会，否则枪声一响，惊动了附近的兵营就算失败了。所以你负责挑选一些好手，半夜越墙进去，先干掉瞭望台的哨兵，再干掉门卫，打开大门，就算大功一件！记着，若碰上巡逻兵，千万要干净利落，一招毙命，绝对不能出纰漏，能做到吗？"

姜海龙："得令！"

傅二："我带领大队人马，带上炸药，悄悄埋伏在附近，等你打开大门一拥而入，控制所有的德兵，然后搬运军火快速上船撤离。估摸着快船走远了，咱们再把军火库炸掉，就算大功告成！"

众人叫好。傅青山："我呢？怎么没我的事？"

傅二："您老是军师，运筹帷幄之中，就留在家备好酒菜等着庆功吧！哈哈哈哈！"

众人大笑。

74. 栈桥码头　日　外

（字幕：1898 年 5 月 5 日）

迪特里希、昆祚神父、罗绅达、叶世克、安孟等人在码头迎接亨利亲王和伊伦娜夫人率领的以"皇后"号为旗舰的三艘增援战舰、士兵两千余人，德军乐队奏乐欢迎。亨利与伊伦娜从舢板登上码头，与迪特里希、昆祚神父见面拥抱，其余军官敬礼。两千余德兵从舢板登陆，列队出发。

75. 海边　夜　外

深夜，八艘快船黑着灯，悄悄靠近岸边，两白余身穿黑衣的义勇军迅速上岸，消失在通往青岛山下的德军军火库。

76. 德军军火库外树林　夜　外

德军军火库前方道路两侧的树林中，义勇军埋伏就位。

傅二对姜海龙使了个眼色，姜海龙低声招呼："突击队，跟我走!"十余人跟随姜海龙猫着腰从树林里快速靠近高墙，施展轻身功夫登上高墙，翻身跃下。

77. 德军军火库　夜　内

瞭望塔内，两名哨兵正在喝着酒，被悄悄摸上来的姜海龙等人偷袭毙命。

突击队冲向大门口的时候，德军巡逻队十余人出现，突击队员迅速躲起来，等德军巡逻队来到面前，突然跃出袭击，以匕首杀死德军，然后悄无声息冲向大门口。

大门口值班室内的数名守卫正昏昏欲睡，突击队突然破门而入，迅速解决德军，打开了大门。

外面的傅二见大门打开，一声招呼，两百名义勇军蜂拥而入。

军火库守卫营房，义勇军破门而入，迅速将还没反应过来的德军制服，捂嘴捆绑起来。

营房内间睡觉的德国军官被抓起来，傅二让懂德语的义勇军交涉审问，得到了军火库的钥匙。

义勇军打开军火库，命大家搬运军火弹药，几个人负责安装炸药。义勇军连抱带扛，带着枪支弹药迅速撤离。

一名义勇军跑到傅二面前，指着一排克虏伯小型火炮，兴奋地说："傅头领，火炮！"

傅二看了一眼，无奈地说："太重了，还是拿枪支弹药吧。"

义勇军说："傅头领，咱们不能没有炮啊，我是炮兵，弄一个回去吧，可以教教大家打炮！"

傅二犹豫，义勇军催促："傅头领！"

傅二一咬牙："好！弟兄们，多来几个人，抬火炮和炮弹！"

十余人拥上去，抬起火炮扛起炮弹箱撤离。

军火库内只剩下了傅二、姜海龙以及十几名安装炸药的义勇军。傅二低声问："弟兄们，都准备好了吗?"

众人低声回答："都准备好了，只等点火了。"

傅二："好！再等等，等我们的船走远！"

78.海面上　夜　外

海面上，义勇军的八艘快船在众水手奋力划桨下渐渐远去。

79.军火库内　夜　内

军火库内，义勇军士兵问："傅头领、姜头领，差不多了吧？点火吧！"

傅二看了一下怀表，时针指向了三点，说："点火，迅速撤离！"

众人："是！"各自冲向炸药点，点燃了导火索，迅速冲出军火库。刚出军火库不远，姜海龙突然停住，回身冲回了军火库。

傅二低声喊："海龙，你干什么？快撤！"

姜海龙回头一笑，冲进了军火库，一会儿工夫抱着一个炸药包跑了出来，对着傅二一笑说："忘了给那几十个德寇尝尝。"

冲到德军营房门口，把嘶嘶作响的炸药包扔了进去，然后一起冲出去。

海边的树林里，早已备好了十几匹马，众人解下马缰翻身上马，马蹄急促，消失在黑夜中。身后，响起了连续的爆炸声，火光冲天，映红了整个青岛湾。

巨大的爆炸声惊醒了罗绅达，差点儿将他掀翻在地上。罗绅达爬起来，一边手忙脚乱穿衣服，一边大声叫警卫："怎么回事？哪里的爆炸声？"

警卫："报告总督，是军火库位置！"

罗绅达："啊？"一屁股瘫坐在床上。

冲天的火光里，一队队赶来救火的德兵茫然失措，无从下手。亨利、伊伦娜、迪特里希、罗绅达、叶世克等人也只能眼睁睁地看着军火库连同几十名守卫葬身火海。

80. 德督府　日　内

数日后，总督府内，新任德督叶世克请来昆祚神父。

叶世克说："尊敬的昆祚神父，我得告诉您一个不幸的消息，军火库被偷袭，罗绅达总督因为失职，已经被皇帝陛下召回柏林。迪特里希司令员也召回另有重用。亨利亲王将接管舰队，我奉命接管罗绅达总督的工作，还望昆祚神父鼎力相助。"

昆祚神父："恭喜叶世克总督大人！您有什么需要我帮忙的，我一定尽力。"

叶世克："当务之急，就是找出袭击军火库的罪魁祸首，只要有这股军事力量的存在，青岛就不是我们的！所以必须要找到他们，消灭他们!"

昆祚神父："是的总督大人，我一定发动我的教民，尽快找出这些人的下落!"

第五部分

驰 援 高 密

81.即墨文庙　日　内

（字幕：1898年农历正月初一）

庙祝正在大殿摆供敬香，络绎不绝的人群前来拜祭，街上不时传来阵阵鞭炮声。

几名德国军人推开众人闯了进来，百姓见状纷纷躲避出去。庙祝赶紧上前阻拦，被一名德兵一枪托打翻在地。然后几名德兵好奇地东看看西看看，拿起香案上的香炉闻一闻，扔掉，打翻了供品。几个德兵对孔子像产生了兴趣，左右打量了一会儿，拿起枪托噼里啪啦一顿砸，将孔子像双臂双腿打坏。另一名德兵对配祀的子路像产生了兴趣，拔出战刀将子路像的双眼掘坏。庙祝挣扎着爬起来阻拦，又被打倒在地，德兵扬长而去。

百姓怒不可遏。

82.即墨县衙门大堂　日　内

举人黄象毂带领一群文人士子向县令朱衣绣请愿，要求县令严查此事，抓到凶手。

黄象毂："朱大人，德寇横行乡里，肆无忌惮，百

111

姓忍气吞声，这还罢了！可这些强盗竟敢毁坏至圣先师圣体，掘坏先贤仲子双目！是可忍孰不可忍！还望朱大人主持公道，严查凶徒缉拿归案，严加惩处，以儆效尤。"

朱衣绣面现难色，站起来拱手说："这个嘛，黄举人，诸位士子，少安毋躁，听本县一言。德人毁坏圣体，实属罪大恶极，不可饶恕，本县也是义愤填膺啊！可是诸位有所不知啊，德人犯法，自有德人法院受理审查，本县实在是没有这个权力啊。"

一名秀才火了，说："大人，这是什么话？德寇在大人治下横行不法，大人做的是我大清的官，跟德国有什么关系？凭什么德国人犯法就不受大清律约束？岂有此理！"

朱衣绣苦笑，说："话是这么说，但毕竟即墨不同他处，我是做着大清朝的官，可这地，现下却属于德国总督管呢。恕本县无能为力。"

黄举人："这么说，朱大人是要袖手旁观了？"

朱衣绣把脸一扭，不再作答。

一书生说："难不成朱大人不是读着圣贤书走向仕途的？"

朱衣绣："放肆！这里有你说话的份儿？朝廷尚且畏洋如虎，你等叫我一个区区知县怎么办？"

黄举人哼了一声，说："你不配做孔圣人门徒！不配与我等为伍！咱们走！"

朱衣绣："不送！"

黄举人拂袖而归。

83. 即墨大刀会分坛议事厅　日　内

正中香案上横摆着一把大刀，大刀会坛主王义训坐在中座，两边是黄举人及即墨的文人士子。

王义训拍案而起："竟然还有这等事？德国鬼子可恨！狗官可恶！"

黄举人拱手："王坛主，德寇毁我圣体、辱我斯文、坏我礼仪，凡我中华子孙，无不义愤填膺，可是这庸官竟然置若罔闻，此事官府是依靠不上了，还得靠我等讨回公道！不知王坛主有何主意？"

王义训说："以血还血、以牙还牙！德寇胆敢毁我圣体、殴我庙祝，我等就去毁他圣体、揍他的神父！给咱即墨的老百姓出口恶气，黄举人您看可好？"

黄举人与众士子一起起身拱手施礼，黄举人："王坛主义薄云天，晚生等拜谢！"

王义训抱拳还礼，哈哈大笑说："黄举人不可如此客气，诸位都是饱学之士，俺不过一介武夫，但也知道自己是炎黄后裔，也受孔孟教化呢，还知道什么叫礼义廉耻、仁义道德！砸教堂的事大家就不要参与了，一切看俺们的吧。"

黄举人与众士子拱手再拜，黄举人："如此也好，有劳王坛主主持公道！"

84. 即墨河流庄教堂　日　外

次日，大刀会首领王义训率领部分大刀会成员，闯入即墨河流庄教堂。神父和一群教民上前阻拦，被大刀会打伤砍伤数人，其余的逃跑报信请援去了。

王义训带人一顿乱砸，还不解气，下令焚烧教堂。撤退时遇到了前来救援的即墨知县带来的大队人马，清兵举枪瞄准，王义训等人不得不束手就擒，被关押在县衙大牢。

85. 即墨大刀会分坛　日　大院内演练场

大刀会分坛演练场聚集了千余成员，场前横摆着一口大刀，教头一葫道人背着铁葫芦在大声讲话："弟兄们，坛主被狗官给抓了，大家说怎么办？"

众人："打县衙！救坛主！"

一葫道人："好！大家带着武器，跟我走！"

众人挥舞兵器，一路高喊："救坛主！打县衙！"浩浩荡荡跟随一葫道人冲向县衙。

86. 即墨县衙　日　外

县衙门口，衙役们拔出腰刀守在门口，问："你们干什么？要造反吗?"

一葫道人上前，大吼一声："就是要造反，怎么的?给爷爷让开!"

众衙役被吼声震得后退两步，胆战心惊横刀壮胆，不肯让路。一葫道人挥起铁葫芦左右横扫，打得众衙役满地乱爬，众人一拥而入，冲向牢房。狱卒们见状纷纷逃跑，一葫顺利带人砸开牢门救出了王义训等人，搀扶着向外跑。

冲出县衙大门的大刀会遇到了知县带领的衙兵和德军的包围，衙兵和德兵一齐开枪射击，大刀会成员纷纷中弹倒下。一葫道人掩护着王义训，大喊："集中力量，杀出去!"

众人不惧子弹，奋力冲杀，终于冲开了包围圈，可是王义训不幸中弹，奄奄一息。一葫欲背起他逃命，被王义训拒绝，"一葫兄，我不行了，你快带着大家跑出去，留得青山在不怕没柴烧，快!"

一葫："不行，我必须得救你出去! 兄弟们，掩护好坛主，挡住他们!"

王义训断断续续地:"不、不、我不行了,快、快带大家跑、跑……"说完头一歪咽了气。

一葫大哭,摇晃着王义训:"王兄,你不能死啊!王兄!"

一葫抹了把眼泪,把王义训的遗体背起来,大喊:"弟兄们!各自逃命去吧!后会有期!"

一葫背着王义训飞奔而去,不一会儿就不见了踪影。众人也四处逃散。清兵和德兵追了一会儿,胡乱开枪,又打死打伤数人。

87. 塔埠头村口　日　外

胶州塔埠头村外路口。

一驾马车飞奔而来,胡善成不停地挥鞭打马,马上坐着一名壮汉。村口的义勇军哨兵急忙冲上去,发现是胡善成,不再阻拦,问:"是胡大伯啊,可有急事?"

胡善成:"十万火急!"继续扬鞭打马疾驶而去。

塔埠头祠堂外广场,义勇军正在列队操练,胡善成驱马疾驶而来,义勇军纷纷避让。马车到了祠堂门口,停了下来,胡善成和壮汉下了马车,急急忙忙往祠堂赶。

88. 祠堂议事厅　日　内

祠堂内，傅二等人正在议事，胡善成二人不待通报推门而入。

胡青衣："爹，你怎么来了？"

傅二："胡叔叔，可有急事？"

姜海龙起身招呼二人落座，胡青衣拿水壶倒了两碗水端给二人，胡善成接过来咕咚咕咚一口气喝完，说："有急事！容我介绍，这位是高密绳家庄村的武秀才李金榜，这位是傅二大头领，这位是姜海龙二头领，这位是傅老英雄，这是小女胡青衣。"

众人互相抱拳。

胡善成："接下来的事，还是李兄来说吧！"

李金榜端起水一饮而尽，说："好，我来说。各位英雄，德国人占了青岛，高密也在其中啊！德华山东铁路公司修筑胶济铁路，眼下修到了高密境，这帮强盗以极低的价格强买农民土地，且遇村毁村、遇坟扒坟，所筑路基又不肯费工多留涵洞泄水排洪，引起内涝，整个高密西乡多少村子被淹，这帮畜生全然不顾百姓死活啊！"

通过李金榜的叙述，大家知道了发生在高密悲壮事件。

89. 【回放】高密东乡姚哥庄坟场　日　外

胶济铁路路基正好穿过坟场，德国监工正在指挥华工挖掘墓地，有些被挖出来的遗骸散落一地。

远处，姚哥庄村民在郝宝山带领下带着铡刀、土枪、各种农具蜂拥而来，阻止施工。

村民有人捧起了散落的骨殖痛哭失声，大骂德国人和华工没人性，灭绝人伦。德国监工毫不理睬，继续督促华工干活儿。

村民义愤填膺，举起农具冲向德国监工和华工，吓得他们仓皇而逃，村民拔掉了所有的铁路路标付之一炬。

90. 【回放】高密东乡大吕村集市　日　外

集市上一个年轻漂亮的农家妇女在卖鸡，几个德国人带着个二毛子通事（翻译）闲逛，看见了妇女，跟二毛子嘀咕几句，二毛子点头哈腰称是，嬉皮笑脸来到卖鸡的小媳妇面前搭讪说："小大嫂，长得真俊呐！"

农妇白了他一眼没搭腔，继续吆喝卖鸡。

二毛子嬉皮笑脸说："我说小大嫂啊，你卖一天鸡能卖得了几个钱啊？你跟我走，我给你找个挣大钱的事。"

农妇瞪了他一眼:"别挡人道!影响我做生意。"

二毛子:"哟,还挺有性格的啊?德国大人就好这口,走吧,跟我走绝亏待不了你。"说着话就伸手去摸农妇的胸。

农妇躲开护着胸,另一只手抬手给了二毛子一个嘴巴,大骂:"你这个畜生,想干什么?怎么不让你姐妹去陪德国佬去!"

二毛子恼羞成怒,上来一把抓住农妇拖着就走,骂骂咧咧地说:"臭娘儿们,还给脸不要脸了!跟我走。"

农妇拼命挣扎,大喊大叫:"快来人啊,救命啊!"

集市上做生意的、买东西的人纷纷聚拢上来,围住了二毛子和德国人。二毛子心慌,说:"干什么?你们想干什么?"

一个小伙子分开众人跌跌撞撞闯了进来,抢上去一把把农妇拉过来,说:"媳妇,你没事吧?他们把你怎么了?"

农妇看见丈夫哭着说:"这畜生调戏我,强拉我去陪鬼子。"

小伙大怒,揪住二毛子就打。几名德国人欲上前干涉,百姓们一拥而上,把德国人和二毛子一通乱打。德国人和二毛子爬起来仓皇逃跑,跑出老远了才敢站住,二毛子回身威胁："你们都给我等着啊，一个都别走，敢打德国大人，你们是不想活了！等我带人来收拾你们！"

大吕村团练长仪鹤龄大怒，招呼众人："乡亲们，德国人拆我房屋、扒我祖坟、占我土地，还调戏我妇女，大家能不能放过他们？"

大家："不能！""揍这帮畜生！""打死二毛子！打死德国鬼子！"

一群百姓追上前去。德国人和二毛子拼命逃跑，百姓们一路追过去，一直追到了德国铁路公司姚哥庄分局。姚哥庄分局的德国人出来抵抗，被百姓一顿乱揍，仓皇躲进去不敢再出来，一名德国工程师还被打断了腿。

百姓越集越多，仪鹤龄号召大家攻打分局，正在这时，高密知县葛之覃闻讯督率兵役，赶来弹压，软硬兼施，驱散群众，保护洋人离去。

画外音：高密抗路事件几天后，德国总督叶世克决定采取军事手段，命上尉安孟带德军骑兵血洗姚哥庄、大吕村等反抗的村庄。

91.【回放】高密东乡姚哥庄村村口　日　外

高密东乡姚哥庄村，村口的土围墙上架着数杆土枪，郝宝山组织村民严加防守。

对面，安孟带领的骑兵一字排开，端着枪瞄准。安孟派翻译交涉，翻译上前喊话："安孟上尉有令，你等只要放下武器，打开大门，保证人畜无伤，否则鸡犬不留！"

郝宝山轻蔑地举了举手里的土枪，又指了指防守严密的村庄围墙，表示抵抗到底。

安孟大怒，下令进攻。德军开枪射击，村民以土枪土炮还击。但村民缺乏军事训练，且武器低劣，只抵挡了一个小时，就被德军攻进村内。冲进村内的德军见人就开枪，打死打伤数十人，村民四散而逃。

92.【回放】高密东乡大吕村　日　外

德军冲至大吕村，仪鹤龄组织起农民在村口阻挡，用土枪土炮、农具抵抗，终因缺乏训练和火器低劣而败退，德军冲进村，见人就开枪，连老弱妇孺皆不能免，打死百余人。

戏台上，农民在用地方茂腔戏控诉德寇暴行，"太阳一出红彤彤（好似大火烧天东），胶州湾发来了德国的兵（都是红毛绿眼睛）。庄稼地里修铁道，扒了俺祖先的老坟茔（真把人气杀也!）。俺亲爹领人去抗德，咕咚咚的大炮放连声（震得耳朵聋）。但只见，仇人相见眼睛红，刀砍斧劈叉子捅。血仗打了一天整，遍地的死人数不清……"

戏台下看戏的百姓哭声一片。

93. 镜头回到祠堂议事厅　日　内

在场的人听得义愤填膺，姜海龙怒不可遏："德寇横行，杀我百姓，官府哪儿去了？难道只知道保护洋人吗？"

傅二："后来呢？百姓就这么忍气吞声了？那么多人就白白被杀了？"

李金榜又喝了一口水，说："想让高密人忍气吞声？瞎了他们的狗眼！我高密人可不是任人宰割的窝囊废！高密东乡被欺负的村子全都联合起来，跟德国人二毛子还有官府对着干呢，拔路标、拆路基，烧掉他们的工棚，揍那帮德国鬼子二毛子，搅得他们惶惶不安，铁路也修不成了。"

姜海龙双掌一击："好!"

李金榜："好是好，可鸟无头不飞啊，毕竟还是一盘散沙。就在这时，高密西乡出了一位大英雄，振臂一呼，就把西乡东乡的乡亲们联合到了一起！"

傅青山："哦？高密还有这等英雄豪杰？那倒是要见识见识。"

胡青衣："这人是谁？"

李金榜："这人就是高密西乡官厅村的孙文。要说这高密西乡啊，有一片洼地叫壕里，地势低洼，十年九涝。德国鬼子的铁路恰恰就通过壕里中间，高高的路基把壕里一分为二，硬是把壕里分成了东壕里、西壕里两部分，百姓的苦难也就从此开始了。"

众人疑惑，傅二问："这是为何？"

李金榜："为何？你想啊，壕里地势本来就低，德国鬼子的路基高高筑起，就相当于建了一个巨大无比的拦水坝啊！造成了壕里以西的水灾，多少村子都快被淹没了呢。于是西壕里各村的百姓公推孙义为代表同德国人谈判，希望德国人在路基上多开一些涵洞泄洪，可是德国人置之不理，眼看着一个个村子岌岌可危啊！"

94.【回放】高密西乡壕里　日　外

望不到尽头的铁路路基横穿壕里，西侧成了一片汪洋泽国，数个村子已经成了孤岛，有一些房子被水浸泡正在轰然倒塌。

高高的路基上，孙文带领数千百姓正在挖路基泄洪水、拔路标、袭击筑路工地，拆毁修路设施和雇工住的窝棚，德国人的修路工程瘫痪，德国工程师等人员在一旁束手无策只得无奈地看着。

莱州总兵彭金山和高密知县季桂芳率清兵赶到，清兵们排起队形，举起了手中的枪。

季桂芳喊话："各位乡亲父老，快停下！快停下！有话好商量！谁是你们的头领？上来说话。"

百姓们停手聚拢过来，孙文、李金榜、孙成书等人站出来。"我是孙文，是他们的头儿，县太爷有何指教？"

季桂芬："孙文啊，你们可闯下大祸了！听本县一言，速速停手，解散百姓，各回各家，还有挽回的余地呢！"

孙文指着被水淹没的村子说："县太爷，你睁大眼睛看看！我们解散了回哪里去？我们还有家可回吗？"

季桂芬看了眼村子，叹了口气说："回不去也得回啊！你们不解散就是死路一条。连朝廷都让着洋人，你们怎么敢跟洋人作对呢！"

李金榜："知县大人，我们没有活路了，也就不怕死了！朝廷怕洋人，我们可不怕他们！"

季桂芬："那你们到底想怎样？"

孙文："让铁路改道！豁免壕里各村税款钱粮！所占土地市价购买，不得贱买强占！否则我们决不罢休！"

总兵彭金山大怒，说："休想！不交钱粮，你们还有王法吗？你们想造反吗？"

命令清兵："准备射击！"

清兵拉动枪栓、瞄准百姓。

数千百姓不退反进，眼里含着怒火，向孙文靠拢，大家齐声高唱："红缨枪，长扁担，大刀片，老铁锨。高密西壕里，百姓造了反。不让鬼子修铁路，不准放毒害良田。捉着鬼子大开膛，捉着汉奸喂团团（鳖）"。

"说孙文，道孙文，西壕里里出孙文，领着咱们打鬼子，保国保家保黎民。"

清兵们眼里含泪，纷纷放下了手里的枪。

彭金山惊恐："举起枪来！开枪！"

清兵不听，反而后退。

彭金山、季桂芬惊恐不已，下令撤退。

95. 镜头回到祠堂议事厅　日　内

姜海龙兴奋地："好！高密百姓好样的！有骨气！有血性！"

李金榜苦着脸说："好什么呀！光有血性有啥用？我们得到消息，因为铁路受阻于高密，德皇大发雷霆斥责叶世克了，叶世克恼羞成怒，决定派兵镇压高密百姓呢。你们说说，我们人数虽多，可都是些百姓啊，没有武器弹药，没经过军事训练，只凭血气之勇有什么用？所以孙文跟我商量，能不能请义勇军相助，救救高密父老吧！"

说完，扑通一下跪倒。傅二、姜海龙连忙扶他起来，说："李兄，使不得，快快请起。我们既然叫抗德义勇军，自然是哪里有德国兵，我们就去哪里！我们答应了。"

李金榜热泪盈眶、惊喜交加："真的？你们愿意出兵相助？"

姜海龙："我们必须相助！"

傅二："事不宜迟，李兄速速骑快马返回，告知孙文等人放心。我和海龙即刻布置出发，一定要赶在德国军队之前到达高密！"

96. 高密西乡官厅村祠堂前　日　外

数千群众聚集，其中包括抗德义勇军和闻讯赶来增援的大刀会、义和团成员。

97. 官厅村祠堂内大厅　日　内

群雄聚会，商量对策。

孙文居中而坐，起身抱拳说："感谢各路豪杰前来相助！"

众人起身抱拳："孙头领不必客气，驱除洋夷，分所应当。接下来怎么走，还听孙头领号令！"

孙文："岂敢岂敢！坐！坐！"

众人落座，孙文说："高密事件，罪魁祸首是德华铁路公司！这厮刨我祖坟、拆我房屋、占我农田、辱我妇女，罪大恶极！今日群雄集会，兵多将广，机会难得。我意趁德军未到，先下手为强，攻进高密县城，毁了他的铁路公司，以绝后患！傅头领、姜头领、大刀会、义和团各位当家的觉得如何？"

傅二："攻打县城怕是不妥，这不是与朝廷为敌吗？"

李金榜："傅头领有所不知，现在的朝廷官府是洋人的朝廷官府呢，专门帮着洋人镇压我等，不攻它留着作甚？"

姜海龙："李兄说得是！我看这样，咱们陈兵城下，那狗官若是识相，乖乖开了城门，由着咱们拆了德国什么铁路公司，咱们就跟他两不相犯。否则只有攻打了。总不能乖乖等着德军来剿灭我们吧？"

大刀会、义和团首领齐声说："这样好！我们同意这个办法。"

孙文一拍桌子，说："好，就这样办!"

98. 高密县城外　日　外

数千百姓围城。

高高的城墙上，知县季桂芬带领清兵布防，严加防范。

孙文喊话："季大人听着，我等前来，只为德华公司，绝不为难大人！请大人打开城门放我们进城，否则玉石俱焚殃及百姓士卒，皆大人之过也!"

季桂芬："孙文大胆！朝廷之城池，岂容你等想进就进？本官职责所在，恕难从命。听我良言，快快解散回家，我保证不上报朝廷，既往不咎!"

李金榜说："孙头领，跟他废什么话！看我的!"举起枪来瞄准季桂芬开了一枪，正中季桂芬的顶戴，吓得季桂芬一哆嗦，连连下令："开枪！快开枪!"

城墙上清兵纷纷开枪射击，一部分百姓中枪倒地，其余人赶紧后退，各种火枪土枪土炮一齐冲城上开火，枪炮声大作，双方互有伤亡。

城外道路上，安孟带领的两百余德兵骑马赶到，看到城门已经开火，安孟下令军队呈攻击队形开火，义军背后遇袭，猝不及防。

有人跑到前面报告孙文背后德军杀到，孙文下令转身迎敌，大刀会和义和团的人马挥舞着兵器猛冲上去，但在德军猛烈的射击下纷纷倒地，有一些人倒地后还在喊："不是说刀枪不入吗！不是说刀枪不入吗！"

傅二着急，赶紧对孙文说："孙头领，快命令他们撤下，我们上！"

孙文、李金榜大喊："都撤回来！快撤回来！"

义和团、大刀会纷纷撤回，傅二大声命令："义勇军！排好攻击阵形！"

姜海龙及义勇军齐声大喊："是！"迅速排好了队形，举枪瞄准。

义和团、大刀会撤回，凸显出义勇军将士的射击队形。傅二大喊一声："射击！"一排子弹打出去，德军猝不及防纷纷倒地。义勇军连续射击，德军溃败，留下一堆尸体。

孙文大喊："追！"

数千人蜂拥而上，德军慌不择路，很快被义军的骑兵追上、包围。大部队赶上来，将德军团团围住，安孟及德军剩余人马惶惶不安。

此时，一队清兵簇拥着三顶轿子飞奔而来，大喊："让一让，让一让，知府大人驾到，让一让。"

人群分开一条通道，莱州知府曹榕、高密知县季桂芬和德国神父卫礼贤的轿子在莱州总兵彭金山保护下来到了孙文等面前，曹榕、季桂芬和卫礼贤下了轿子。

季桂芬："住手！都住手！知府曹大人到！"

曹榕上前，问孙文："你就是孙文？"

孙文："曹大人，我就是孙文。"

曹榕："孙文啊，你这事闹得可不小啊，都捅上天了。德国总督以我方毁约为名，告到朝廷了，现下朝廷都知道你的大名了！巡抚大人紧急电令，着我来处理此事，看来还是来晚了一步啊！"

孙文之子孙成书："我看曹知府不是来晚了，是来得早了一会儿呢。"

曹榕："哦？此话怎讲？"

孙成书："曹大人若是晚来一步，我等把这伙强盗斩尽杀绝，岂不更好？"

众人哄堂大笑。季桂芬大喝："放肆！怎敢对曹大人不敬！"

李金榜一笑，走上前来，拿大刀在季桂芬的轿杆上来回蹭了蹭，季桂芬说："你你你，你想干什么？"

李金榜举起刀来劈，轿杆齐刷刷砍断，季桂芬手里的水烟袋失手落地，吓得面如土色，瑟瑟发抖。李金榜收刀还鞘，冷笑一声，退回了孙文身边。

曹榕干咳了一声，说："孙头领，我奉巡抚大人之命前来调解此事，并无恶意。你等有什么要求只管提出来，官府协助你们谈判解决，从此安分守己，不再聚众生事，你看可好？"

孙文说："知府大人明鉴，我等本来都是些安分守己的百姓，谁愿意提着脑袋做这事？还不是被德寇逼得没了活路吗？曹大人既然肯调解此事，我等草民自然感激大人，唯大人之命是从！只可惜啊，上至朝廷尚且畏洋如虎，大人您又如何调停得了呢？所以，空口无凭，大人还需立个字据。"

曹榕："这个……这个嘛。"

此时，卫礼贤上前来，用流利的中文说："孙头领，跟德督调停的事是我说的，跟知府大人无关。所以嘛，要立字据，那就由我来吧。"

孙文："你又是谁？你是德国人？怎么可能为我们说话呢？"

131

曹榕赶紧介绍："孙头领，这你就不知道了。卫礼贤神父可不是一般的神父，他是德皇面前的红人，说一不二的。这次就是他来找我，亲口答应去做德督的工作，达到大家的满意的。"

卫礼贤："是的，知府大人说得不错。我要告诉你孙头领，你误会了，我不是专门为你们说话的，不是专门帮助你们的，我要帮助的恰恰是德督，是德国的铁路。如果你们一直闹下去，铁路就永远修不成，这是德皇所不愿看到的。我答应去找德督帮你们谈判，就是要他明白这个道理，僵持下去谁也得不了好，还不如答应大家的条件，顺利地把铁路修好。我这么说，大家明白吧？"

孙文等人互相望了一眼，说："大家觉得如何？"

李金榜说："这位神父说得有道理，要不就让他去试试看？"

曹榕看到有和解的希望，赶紧说："孙头领，你也听到了，卫礼贤神父是真心出面调解此事的。你们先散开，放这些人走，尽快把你们的条件提出来交给卫礼贤神父，可好？"

孙文点了点头，说："让开！"百姓们让开一条通道，德军狼狈撤离。

99. 官厅村祠堂前　日　外

几天后，孙文等人送别义勇军。孙文抱拳说："孙文不才，代高密父老谢过傅头领、姜头领和众兄弟们仗义相助！"

傅二："孙头领客气了，此是我辈分内之事，何必言谢。跟德国铁路公司的事都谈妥了？"

孙文："妥了，都妥了！这个卫礼贤还是说到做到的，德督顺利地签订了《莱州府属路工办法》和《筑路购地善后章程》两个条约，答应了我们的所有条件，高密百姓从此安生了。"

傅二："那就好！那就好！青山不改，绿水长流，我等就此别过，后会有期！"

孙文等抱拳相送："后会有期！"

【画外音】　山东巡抚毓贤因在此次高密抗德事件中处理不力，被朝廷免职回京待命，袁世凯受命继任山东巡抚。

100. 山东巡抚衙门大堂　日　内

新上任的袁世凯令幕僚电报莱州知府曹榕、总兵彭金山："电令莱州知府曹、总兵彭：即刻暗中捉拿匪首孙文、李金榜、孙成书三人，连夜押解莱州府立斩！勿使消息外泄，以激起民变，切记切记!"

101. 高密县城　夜　外

深夜，一队官兵出城抓人。

凌晨，一队骑兵押解着三辆囚车急匆匆赶路，囚车里是孙文、李金榜、孙成书，总兵彭金山亲自押解。

傍晚时分，莱州府刑场上，刽子手手起刀落，孙文等人头落地。

第六部分

以民治夷

102.青岛天后宫外　月夜　外

（字幕：1900年春）

天后宫外，一个巨大的黑影越墙而入。

103.琴心道长琴房　夜　内

琴心道长在琴房内抚琴，一曲《沧海龙吟》自指尖划出，如龙腾沧海，澎湃激昂，而兼有飘忽动荡之韵。

窗外，有人在侧耳倾听，听到激荡处，不觉叹了一口气。琴心道长琴弦忽然断了一根，高声问："既有知音，何不现身一叙？"

窗外人哈哈大笑："琴心道长果然好雅量！"

房门打开，一葫道人进入，抱拳躬身："刘一葫黄夜冒昧来访，打扰道长清兴了。"

琴心起身抱拳相迎："阁下原来就是大名鼎鼎的刘一葫，失敬失敬。请坐。"冲门外大声："贤真，奉茶！"

二人茶桌旁就座，门外弟子贤真进来冲茶，看到一葫，面现惊讶。

一葫落座，说："我乃江湖草莽之辈，当不得大名鼎鼎四字啊。倒是道长您，雅量高致，道洽琴心之名才真是名闻遐迩呢。今日一闻道长清音，足慰平生了。"

琴心："哦？一葫兄也知琴音？倒要请教。"

一葫："真人面前不敢说知音二字。刚才在门外听道长抚琴，似有波涛汹涌之壮观，又有风雨飘摇之悲切，中间时有老龙吟啸之声，却有低沉压抑不能得志之苍凉，莫非道长感念世事艰难，固有此音？"

琴心："一葫兄果然是知音！您说得没错，山河沦丧，国运衰微，民不聊生，贫道终究做不到置身事外，感怀时事，一舒郁怀，没想到逃不过一葫兄的法眼。"

二人哈哈大笑。

琴心问："听闻前年一葫兄把即墨闹了个底朝天，官府现在还在画影图形到处缉拿呢，怎么跑到我这儿来了？"

一葫："唉，一言难尽啊！我这次来是想向道长打听义勇军去处，有要事相商。"

琴心："义勇军去处我却不知，但有一人是知道的，一葫兄今晚且观内安歇，明日一早委屈一葫兄换下道装，穿上俗装，我让贤真带你悄悄去见他。"

一葫脸色有些尴尬，说："道长见谅，您是真道士，我是假道人，我以贵教服饰面世，实有不得已的苦衷啊，若因此玷辱了玄门，还望道长宽恕一二。"

琴心笑道："我让你换俗装，却不是因为这个，江湖上谁不知道一葫道人身为大刀会的总教头，武功盖世、法力无边，能刀枪不入、水火不侵啊！就连我这天后宫门前，还贴着捉拿您的告示呢。您这道装和大葫芦成了招牌了，若不藏一藏，一出门就有麻烦呢。"

一葫道："是、是，多谢道长提醒，一切听道长安排。"

琴心："贤真啊，时候不早了，你带一葫去客房安歇吧。明早给换一身合适的衣服，准备一辆马车，就委屈一葫兄暂时做一做天后宫的车夫吧。你把他送到胡善成府上，让他引荐给义勇军。"

贤真点头称是。

一葫笑道："不委屈，不委屈，等大事告成，我一定皈依门下，做一个真道士，闲与道长扫落花。"

二人开怀大笑，贤真领一葫出去。

104. 胶州塔埠头祠堂议事厅　日　内

胡善成引荐一葫道人给大家认识。

胡善成："各位各位，这位就是大名鼎鼎的即墨大刀会总教头，一葫道人。琴心道长送到我家，托我引荐给各位头领。一葫兄，这位是傅青山傅老英雄，这位是傅二大头领，姜海龙二头领。"

众人抱拳见礼，互道久仰。

胡青衣："爹，还没介绍我呢!"

胡善成："一边去!"

胡青衣嘟着嘴坐到一边，一葫问："这位姑娘是?"

胡善成："一葫兄不用管她，这是小女胡青衣，没大没小的。"

傅二："一葫兄自即墨文庙事件后，一去两年毫无消息，到底去了哪里? 这次前来莫非要有大事?"

一葫："唉，说来话长啊! 容我慢慢道来。"

众人凑上前来听。

一葫："即墨事件后，我侥幸逃脱，藏身在黄举人家避避风头。要说这黄举人啊，还真是了不起! 虽然只是一介文人，但极有担当，豪侠之气不亚于我等。他见文庙事件未得解决，誓不罢休，竟然带着我去了曲阜，联络孔、孟后人一起进了京城要说法! 事有凑巧，当时正是朝廷科考之际，黄举人和孔孟后人找到了康有为、梁启超，控诉德人损坏圣人神像的暴行。康梁二人一听，这还了得! 立刻联络科考士子两千余人，又来了一次公车上书，要求朝廷追查此事惩办元凶。这件事可是震动了朝廷啊! 朝廷下旨查问莱州府、即墨县，没承想这俩贪官竟然信口雌黄否认德人损坏圣像之事!"

姜海龙骂了一句："狗官！"

胡青衣问："后来呢？"

一葫："后来？后来，朝廷也不敢招惹洋人，就把莱州知府、即墨县令双双罢职了事。也算给王义训报了仇吧。"

傅二："那你这次专程赶来，不会就为说这事吧？"

一葫："当然不是了，这次来找你们是大事。文庙事件结束后，黄举人回了家，我就留在了京城，认识了因为高密事件受连累，被免职回京的毓贤大人。毓贤跟我彻夜长谈，了解了山东大刀会、义和团扶清灭洋的宗旨后非常高兴，又知道了义和团实力强大，于是就有了一个以民治夷的策略。"

姜海龙："以民治夷？李鸿章搞了个以夷制夷，把海港都搞没了，以民治夷可行吗？"

一葫："可行！这些年来，一直跟洋人对着干的可不是朝廷官府，都是我们老百姓呢！义勇军、大刀会、义和团，烧教堂、杀洋人、杀二鬼子，搞得洋人失魂落魄，不都是咱们百姓吗？毓贤说了，只要朝廷支持我们，扶持我们，我们把各股势力整合到一起，扫除洋势力指日可待。"

傅二："那朝廷会答应吗？去年袁世凯这狗贼可是刚刚杀了高密的孙文等人。"

一葫："傅头领，所谓此一时彼一时也。要不说还是毓贤有本事呢，他在北京也不闲着，为这事四处奔走，说动了端王载漪、庄王载勋、兵部尚书刚毅，在这三人的帮助和推动下，慈禧召见了毓贤，毓贤介绍了义和团扶清灭洋的宗旨，提出要以民治夷，引起了慈禧太后的兴趣。"

胡青衣："一葫伯伯，那老妖婆就相信了义和团的能力了吗？"

一葫笑了，说："老妖婆当然半信半疑了，她跟毓贤提出要看看义和团的真本事，到底能不能刀枪不入、能不能打得了洋人。毓贤和刚毅大人就找我商量，在皇宫大内上演了一出刀枪不入的大戏。"

105.【回放】北京太和殿前广场　日　外

慈禧在众人簇拥中观看义和团表演神功。

一葫道人赤膊上阵，喝下符水，暗中运气护身，数名护卫轮番以刀砍、剑刺、枪扎、棍击，毫发无伤。

慈禧惊讶。

一排义和团士兵站立，喝下符水，前面清兵一排枪打过，子弹纷纷击中胸口，士兵完好无损，继续转过身来，以后背挨枪子，同样毫发无损。

慈禧见状大喜，当即下令："刚毅啊，传哀家的旨意，就说各地方不要再为难义和团了，由着他们去发展，有什么要求，让他们都照顾着。毓贤啊，你这事做得好，我看你也别闲着了，山西不是缺个巡抚吗？你去那儿上任吧。"

刚毅："是！老佛爷。"

毓贤："谢老佛爷。"

106. 塔埠头祠堂　日　内

胡青衣："啊？这都真的啊？那你们义和团真能刀枪不入吗？"

一葫："嗨！什么真的假的啊，这都是刚毅和毓贤做出来哄哄太后的，那些人前胸后背都戴着特制的钢板呢。跟开枪的都商量好了，专门瞄准胸背部开枪呢。那老婆子久居深宫，怎么晓得江湖的勾当？"

胡青衣："那一葫伯伯您呢？全身也穿着钢板吗?"

一葫笑了笑，对胡青衣说："这个伯伯倒不需要，我呀，自小练金钟罩，只要运气护住了身，寻常刀剑却也伤不了我。"

胡青衣："能挡枪子吗？"

一葫："枪子却是不能挡的。若事先没有运气防身，就连刀砍枪刺却也难防呢。"

胡青衣一脸失望："哦。"

傅青山："一葫兄，那如此说来，岂不是坑了千千万万的义和团团众了？"

一葫也是一脸无奈，说："那也没办法啊，不这样做，那些寻常百姓谁肯冒着枪林弹雨跟洋人干？我之所以穿着这身道袍，也是为了让他们相信我有法力呀，这还惹得琴心道长不高兴呢。"

众人叹气，沉默。

一葫说："瞧我，说了半天，还没说到重点。说来事有凑巧，前些日子，西方十一国列强陆续向慈禧发难，送上国书要求慈禧释放光绪帝，归政于皇帝，彻底惹怒了慈禧。慈禧下令向十一国列强宣战，并命迅速召集山东、河南、直隶等地的义和团进京勤王。现在已有八国应战，要联合起来进攻北京呢。一葫此来，就是奉刚毅大人之命请抗德义勇军加入义和团，进京勤王的。不知诸位意下如何？"

众人"啊"了一声，互相看了看，没言语。

一葫说："怎么了诸位？平日里杀洋人、抗德军吆喝得震天响，真要跟洋人开战了，怂了不成？"

姜海龙："一葫道人所言差矣！我等岂惧洋夷？实在是朝廷官府的作为令我们心寒啊！我们不但要躲避德军，更要防着朝廷官府的围剿。高密的孙文、李金榜何等的英雄豪杰？还不是做了官府的刀下鬼！你这突然要

144

我们扶清灭洋，我只怕洋灭不了，反倒被清灭了呢，外敌易御、家贼难防啊！"

傅二赶紧喝断："海龙！不得胡说！一葫兄，海龙不懂事，莫怪。"

一葫叹气说："这却也不算胡说，王义训、孙文等人殷鉴不远，我难道不是从清兵的枪口下捡回一条命吗？在此之前，我也发誓与朝廷势不两立呢！可是此一时彼一时也，当年我们是为了打洋人跟朝廷结下的梁子，如今好不容易朝廷要对洋人动兵了，我们不帮朝廷难道要帮洋人不成？好歹趁此机会上下一心先把洋人赶出中国，自家的事自家单说岂不更好？"

傅二："一葫道人说得有理！当年我们章大人苦等朝廷动兵命令而不得，恨得我们牙直痒。若早这么做，岂容列强猖狂至今？海龙，我觉得我们应该听一葫道人的，光凭我们抗击洋夷何时是个头？不如加入义和团进京勤王，一战定乾坤，将列强赶出中国！"

姜海龙："好，我听傅二哥的！"

一葫双手一击，说："太好了！我就知道各位英雄必定能以大局为重！不过，我还有个想法。"

傅二："一葫兄但讲无妨。"

一葫："刚毅大人跟我说，八国联军里就有德国，而德国必然是从青岛出兵，为了缓解北京的压力，能否请义勇军留下一部分人马尽可能地将德军拖在青岛，让他们无暇分身北上。一旦北京战事一了，青岛的德军就成了残渣余孽，不知两位意下如何？"

傅二、姜海龙对望一眼，傅二说："如此甚好！我带一半人去北京，海龙留下拖住德军。"

姜海龙："不，我去，傅二哥留下！"

傅二瞪了姜海龙一眼："这也跟我争？"

姜海龙低声嘟囔："谁不想多杀几个洋人解解恨。"

众人都笑，傅二说："海龙弟，留下有留下的难处呢，你得跟德军斗智斗勇，得想办法把德军拖在青岛！否则留下你们干啥呢？你说说看，你以少量人马，如何才能拖住德军不能让他们北上？"

姜海龙想了一会儿，兴奋地说："军舰！毁了他的军舰！"

一葫等人愣住了，傅二兴奋地擂了姜海龙一拳说："你小子，可以做将军了！"

众人还是不明白，傅二说："海龙的意思是说，德军北上肯定要乘坐军舰走水路，如果能想办法炸掉德军军舰，他们就去不了北京，或者说，他们就算从陆路赶去了，也为时已晚。"

众人这才明白，赞叹不已。一葫说："可是军舰都在海上，你又如何能炸掉它们呢？"

146

姜海龙说："以子之矛攻子之盾，夺下他们的炮台，用他们的大炮炸掉他们的战舰！"

众人齐声叫好。

107.塔埠头村口　日　外

姜海龙、傅青山、胡善成、胡青衣送别傅二、刘一葫和北上的义勇军。

傅二："海龙，青岛方面就交给你了，记着，一定要周密部署，凡事多跟傅伯伯胡叔叔商量。一旦成功了，切记隐藏起来不可妄动，提防德军报复，好好躲在村里等北京的消息。"

姜海龙："傅二哥，你放心吧，我不会让你失望的。你多保重！"

胡青衣含着泪："傅二哥，保重。"

傅二拍了拍胡青衣的肩："胡青衣，保重。我会回来的。"

傅二冲大家抱拳："各位请回吧。出发！"

众人目送傅二等人远去。

108.塔埠头村祠堂议事厅　日　内

姜海龙、胡善成、傅青山、义勇军头目楚勇、王庆等人在研究作战方案。桌子上摊着胡善成新绘制的德军布防图。

姜海龙："胡叔叔，您说说德军炮台的情况吧。"

胡善成："好。自从上次你们袭击了德军军火库，新任德督叶世克就加紧了军营、炮台的加固建设。就说这个青岛山炮台吧，哦，他们叫俾斯麦炮台，是德军最重要、规模最大的炮台，分为南、北炮台，都建在半山腰上，可以俯瞰控制整个青岛湾和市内。叶世克吸取了上次的教训，所以不惜大兴土木，招来大量的民工，硬是凿通了青岛山南北炮台、青岛山军营之间的地下通道，这样炮台一旦有事，军营的德军就可以通过地下通道增援炮台，万无一失。"

姜海龙听到这儿，眼睛发亮，连忙打断说："胡叔叔，那他们的工程结束了吗？"

胡善成："还没呢，听说还要建地下指挥部，正在到处招募工人呢。"

姜海龙兴奋地说："太好了！天助我也。"

楚勇："姜头领，怎么了？他们地下增援，咱要夺炮台，连人都见不着呢。"

姜海龙："咱们也可以混进去啊。"

胡善成："哎呀海龙啊，难怪傅二夸你呢，真能当将军了！对呀，咱们可以假扮工人混进去啊！"

其他人恍然大悟。

姜海龙部署任务:"那就这样定了,这次还是夜袭。我和楚勇带着咱们的炮兵和一部分义勇军装扮成工人,陆续混进去,后天半夜子时行动,趁他们熟睡时溜进去,一部分人在地道布防阻止住前来增援的德军,一部分人夺取南炮台,瞄准军舰射击,全部轰掉!对了楚勇,你训练的炮兵没问题吧?"

楚勇:"放心吧姜头领,得亏了上次抢来的那尊火炮呢。坚决完成任务!"

姜海龙:"那就好。王庆,你带一部分人后天子时前潜伏至南炮台,也是子时开始行动,迅速消灭上面的守兵,布下防线,阻止前来救援的德兵。"

王庆:"是!"

姜海龙:"记着,打掉德舰后迅速撤离,不得恋战!"

楚勇、王庆齐声:"是!"

姜海龙:"好,大家各自去准备吧。"

傅青山站起来着急地说:"慢着慢着!还有我呢?咋没我的事了?"

姜海龙笑道:"傅老英雄,咋能没您老的事呢,还是老规矩,您老替我们看好家,备下美酒好肉,犒赏弟兄们。"

傅青山:"这次不行,这么大的动静,我必须要参加！"

姜海龙："老英雄，您年事已高，这些拼命的力气活儿就交给我们年轻人了。"

傅青山瞪了姜海龙一眼："怎么？你嫌我老了？怕拖你后腿吗？你叫几个小伙子来跟我比试比试！"

姜海龙笑道："老英雄息怒，我知道您老当益壮威风不减当年，可您别忘了，您是军师啊，运筹帷幄之中才是您的责任。我们倾巢而出，不能没个靠得住的人看住大本营，除了您还能有谁？别忘了还有满村的父老乡亲呢，责任重大。就这样了，军令如山，我们去准备了。"

姜海龙带着楚勇、王庆抱拳作礼告辞而去，傅青山气得指着姜海龙背影喊："你你，你给我回来！臭小子！"

三人已出去，傅青山恼怒地一屁股坐下，叹了一口气。

109. 俾斯麦南炮台地道　夜　内

夜，子时，乔装民夫的姜海龙带领义勇军潜入炮台地道，冲向南炮台，沿途打死把守地道的德兵，留下大部分人在中途设防，其他人则迅速地冲向南炮台，消灭了德军的炮兵，控制了南炮台。

姜海龙命令："楚勇，迅速调整方位，瞄准海上亮灯的德舰，开炮！"

楚勇："是！弟兄们，行动！"

义勇军炮兵们一齐行动，调整炮口，装填炮弹。装弹兵报告："炮弹装填完毕！"

楚勇："开炮！"

一发炮弹呼啸而出，划出一道弧线，正中一艘德舰，轰然巨响中，德舰着火燃烧。一发发炮弹相继射出，打得德舰东倒西歪、一片火海。

110. 德督府　夜　内

德督叶世克被大炮轰鸣声惊醒，慌忙爬起来望向窗外，只见大码头方向一片火海，一边手忙脚乱穿衣服，一边大喊警卫。

警卫惊慌失措地跑进来，叶世克问："怎么回事？到底怎么回事？"

警卫："总督大人，南炮台开火，打的是我们的军舰！"

叶世克："这是怎么回事？快去请亨利亲王，快派人去调查事故原因！"

警卫："是，总督大人！"

德督办公室内，同样惊慌的亨利亲王和叶世克焦急地等待情报消息，一会儿警卫带通信兵跑进来汇报："报司令员、总督大人，南炮台失陷，正在开炮攻击我们的军舰！"

亨利："是谁干的！通信兵传令，俾斯麦军营火速出兵从地下和陆上攻击南炮台，夺回南炮台！传令侦察兵查清楚什么人干的！"

警卫、通信兵："是，司令员大人！"跑出。

一会儿，俾斯麦军营的通信兵跑来报告："报司令官、总督大人，俾斯麦军营增援南炮台遇阻击，地道和陆上全被敌军设防阻击，难以攻取，我军伤亡巨大，长官命我请示司令员，请求炮击南炮台！"

亨利大怒："传令，地下继续攻进，地面部队撤出阵地，北炮台、衙门炮台瞄准南炮台开火！摧毁南炮台！"

通信兵领令跑出去。

111. 俾斯麦南炮台地道　夜　内

地道内的义勇军凭借防事、拐角和支洞口，顽强地抵挡德军。

112. 俾斯麦北炮台和衙门炮台　夜　外

德军俾斯麦北炮台和衙门炮台的德军炮兵迅速地调整炮口，炮口对准南炮台。

113. 俾斯麦南炮台地面战场　夜　外

王庆率领的义勇军正与地面的德军激烈对抗，德军突然撤出阵地。

义勇军们纷纷问王庆："怎么回事？他们怎么不打了？"

王庆沉吟了一会儿，突然喊了一声："不好，德军要开炮了！兄弟们！赶快分散，各自寻找掩体躲避！"

义勇军四散，各自寻找地方躲避炮火。

114. 俾斯麦南炮台　夜　内

王庆冲进炮台，向姜海龙报告："姜头领，德军撤出阵地，要摧毁南炮台了，快传令退出吧！晚了就来不及了！"

姜海龙："好！我们的作战目的已经达到，你快去下面通知弟兄们撤出！"

王庆："是！"冲向地道内传达撤退命令。

姜海龙："楚勇，带大家出去，传令地面兄弟们迅速撤离！我在这儿等一等下面的弟兄们。"

楚勇正抱着一枚炮弹，说："姜头领，最后一枚炮弹了，送给叶世克吧！"

义勇军的炮兵们齐声请求："送给叶世克！"

姜海龙："不行，来不及了，快撤！"

楚勇："机不可失啊！姜头领，你先带人撤！弟兄们，调整炮口，目标：叶世克德督府，快！"

炮兵们一齐动手调整炮位。

王庆带着下面的义勇军边阻击边撤到炮台，王庆焦急地说："快撤啊！后面德军追上来了！"

姜海龙："楚勇，怎么样了？"

楚勇："准备完毕，姜头领带人快撤，我马上开炮！"

姜海龙："好！楚勇小心，打完快撤！大家跟我撤！"

115. 俾斯麦南炮台地面　夜　外

义勇军跟随姜海龙冲出炮台，召集地面义勇军迅速撤离阵地，冲向山下。

德军北炮台、衙门炮台的炮兵们已经准备就绪，指挥员一声令下，数门大炮开火，炮弹呼啸着飞向南炮台。

同时，楚勇的大炮也准备完毕，楚勇一声令下，一发炮弹出膛，呼啸着飞向总督府。就在炮弹射出的同时，德军的一发炮弹射了进来，剧烈的爆炸声中，楚勇和几名义勇军士兵尽数牺牲。

楚勇射出的那枚炮弹划过一道弧线，准确地命中总督府，燃起了熊熊大火，亨利和叶世克因为在院子里观察战势而逃过一劫，却被爆炸气浪冲倒在地。

南炮台周围，遭受到德军炮火猛烈的轰击。

刚冲出不远的姜海龙看到了这一幕，大喊："楚勇兄弟！"转身往回跑。土庆一把抱住了姜海龙："姜头领，冷静！来不及了，快撤！"

姜海龙哭着，边跑边回头看，一发炮弹落在身后爆炸。

116. 海边　夜　外

义勇军扶持着伤员撤退到了快船，数艘快船迅速驶离近海，趁夜消失在海上。德军炮火落到海上炸起了冲

155

天水柱。

海岸上追来的德军无船出海，只好望洋兴叹。

117. 北京广渠门外　日　外

（字幕：1900年6月13日　北京广渠门外）

姜海龙的成功偷袭，损坏了绝大多数的军舰，致使德军无法参加八国联军侵犯北京的战争。

此时的北京城广渠门外，七国联军两万余人已经摆好了攻城的阵势，对面的十余万清军和义和团团众也严阵以待摆开战阵。

一声令下，义和团蜂拥而出，挥舞着各色兵器冲向联军，联军司令英国海军中将西摩尔下令射击，义和团成片倒下，但仍然不惧生死往前冲杀。

傅二和一葫冲在了前面，死伤倒下的人越来越多，但还是有一部分义和团将士冲进了敌阵，挥舞兵器砍杀联军，冲乱了联军阵势。

西摩尔发令，联军重新调整队形，包围义和团进行射杀，义和团将士纷纷牺牲，阵内最后只剩下了傅二、一葫等数人还在冲杀。

一葫挥舞着铁葫芦一边攻击，一边指着西摩尔，大声对傅二说："傅头领，看到了吗？那就是八国联军的总司令！"

傅二挥舞着章高元赠送的战刀一边砍杀一边说："看到了！"

一葫："咱们冲上去，杀了他！你在后，我掩护，快！"

傅二："好！杀了他！"

二人凑到一起，一葫抡起铁葫芦往前冲，子弹不时打在葫芦上溅起火花。傅二紧随其后，抡起战刀猛烈砍杀联军。因为距离太近，联军无法开枪，纷纷抽出战刀蜂拥上前阻拦，却抵挡不住二人的攻势。

二人冲破了包围，离西摩尔越来越近。西摩尔的卫队看出了二人的企图，排起队形挡在了西摩尔身前，端起枪瞄准了二人。

西摩尔被眼前的情形吓傻了，眼看着两个满身是血的血人冲杀过来，竟然忘记了下令开枪，一旁的副官惊慌失措下令："快开枪！保护司令员！"

卫队一齐开枪，冲在前面的一葫无法躲避密集的子弹，瞬间身中数弹停了下来，身体摇晃欲倒，还是坚持着说了一句："傅二！杀了他！"

身后的傅二大喊："好！"抓住一葫的尸体抵挡子弹，继续往前冲，子弹打在一葫身上噗噗直响。

西摩尔的卫队也被眼前的情形吓呆了，更多的联军冲上来保护西摩尔，弹如雨下，却还是没能阻挡住傅二。

眼看冲到了西摩尔眼前，傅二抛开一葫尸体，将手中的战刀掷向了西摩尔。而同时，一排子弹打过来，傅二身中数枪倒地身亡。

失去了准头的战刀呼啸着冲向西摩尔，贴着他的帽子飞过，重重地落在了身后，深深地插在了地上，颤抖不已。西摩尔吓出了一身冷汗。

恼羞成怒的西摩尔下令开炮攻城，联军炮弹倾泻在阵地和城门城楼城墙上，清军、义和团溃败进城，联军掩杀进来，占领了北京城。

118. 北京城内　日　外

慈禧太后在众人簇拥下仓皇出逃。

八国联军攻进北京城，烧杀抢掠、无恶不作。

街道上，联军见人就开枪射杀。

胡同口里几名联军撕扯着女人的衣服实施强奸。

几名八国联军士兵拿刺刀刮削紫禁城太和殿前铜缸上面的镀金，至今刮痕斑斑。

八国联军在紫禁城、中南海、颐和园、官府衙门、宗教寺院，甚至百姓家里实施抢劫焚烧。拿得走的统统劫走，拿不走的被砸掉。北京城再遭浩劫。

119. 德督府　日　内

德国总督府一片狼藉。

昆祚神父来访德督，卫兵引着他来到叶世克临时的办公处。

叶世克见到昆祚，急切地问："尊敬的昆祚神父，义勇军有消息了？"

昆祚："是的总督大人。我的一位教民打听到了义勇军的驻地。"

叶世克："在哪儿？快告诉我。"

昆祚笑了，走到地图前寻找，叶世克也赶忙凑上来看。昆祚找了一会儿，拿手指指着塔埠头，坚定地说："就在这儿，塔埠头村！"

叶世克抱住了昆祚，兴奋地说："伟大的神父！太好了！太好了！"

然后命令卫兵："快请司令官亨利亲王前来议事！"

叶世克办公室，亨利、昆祚、安孟等人开会。叶世克激动地说："尊敬的亨利亲王、各位将官，昆祚神父终于打听到了义勇军的下落，我们报仇的时刻到了！"

众人齐喊万岁。

亨利急切地问："在哪儿？"

叶世克走到地图前，大家跟进，叶世克指着地图说："就在这儿，塔埠头！"

亨利长舒了一口气，说："果然是个好地方！地势隐蔽，出海又方便。我们的敌人是个有军事才能的劲敌呢。"

叶世克："是啊，可是再狡猾的狐狸也逃不过猎人的猎枪，是我们打猎的时候了！"

亨利："是的，总督大人，这次我们一定要周密部署，一网打尽，永绝后患。"

叶世克："司令官大人，就请您调兵遣将吧！我这次要亲自参加围剿义勇军的战斗！"

亨利："好！义勇军不是喜欢夜袭吗？我们这次也学习他们，夜袭塔埠头！我们的战舰遭重创，好在团岛有两艘炮舰完好无损，这次全部出动，我亲自带领炮舰封锁塔埠头海湾。总督大人和安孟上尉带兵趁夜包围塔埠头所有路口。我们也在半夜动手，先用大炮猛烈轰击，你们负责射杀逃跑的义勇军，一个都不许放过！"

叶世克、安孟和军官们挺身敬礼："遵命，司令官大人！"

120. 塔埠头海上　夜　外

深夜，黑黝黝的海面上，两艘德军炮舰黑着灯悄无声息地缓慢驶来，调整舰身，摆好攻击阵形，一门门大炮伸出炮口，对准塔埠头村。

121. 塔埠头村外　夜　外

塔埠头村周围的路口、高地上，叶世克带人悄悄地布防，将塔埠头围了个水泄不通。

122. 德军炮舰甲板　夜　外

炮舰甲板上，亨利下达了攻击命令，两艘炮舰同时开火，密集的炮弹呼啸着飞向村子，瞬间村子炸成一片火海。

123. 塔埠头祠堂议事厅姜海龙住处　夜　外

巨大的爆炸声惊醒了姜海龙，他爬起床迅速地披上衣服跑出来，看到到处是断墙残垣、炮弹爆炸、四散奔逃的村民，和一部分冲过来找他的义勇军。

王庆："姜头领，我们暴露了！怎么办？"
姜海龙："炮是从海上打过来的，快召集义勇军，大家分头保护村民往山里跑!"

王庆与一众义勇军:"是!"

姜海龙带着一批义勇军和村民往山上跑,迎头碰到了德军埋伏的猛烈阻击,冲了几次都冲不出去,死伤了大量义勇军和村民,只好撤回另寻突围路径,但同样遭到了阻击。无奈之下,姜海龙带人撤回村子,村子仍在德军的炮火轰击之下,一发炮弹落在了姜海龙附近爆炸,姜海龙倒在了地上。

124. 塔埠头村　日　外

凌晨,炮击停止,塔埠头村一片死寂。

亨利、叶世克带领德军从四面八方包围上来,发现还活着的人就开枪射杀,或用战刀刺死。

德军撤走,负伤累累的姜海龙清醒过来,从尸堆下挣扎着爬出来,跟跄着站起身,看到满村的硝烟和狼藉的尸体,急忙去翻看有没有幸存的人,却发现傅青山、王庆等人尽数牺牲。姜海龙抱着傅青山的尸体痛哭失声,最后爬起来,一个人跟跄离去。

第七部分

还我青岛

125. 德督府内　日　内

（字幕：1900年6月）

德督府修葺一新，叶世克和昆祚在办公室议事。

叶世克兴奋地说："尊敬的昆祚神父，我刚接到皇帝陛下的命令，要不惜重金对青岛进行规划设计，打造成为殖民地的典范呢！快来看一下图纸。"

桌子上，摊开着一幅青岛市区的规划图。叶世克和昆祚细心地看图纸。

叶世克指指点点地介绍说："瞧啊，太美了！真是太美了！快看啊，尊敬的昆祚神父，整个前海一带，火车站往东，观海山、观象山、信号山、俾斯麦山（青岛山）、小鱼山，风景优美的地方全划为欧人区了！这一带将作为城市建设的主体，要拆除所有的中式建筑，全部建成欧式的！瞧，大鲍岛一带为华人区。这儿，欧人区东南，以小鱼山为分界线将成为风景优美的别墅区。哦，大码头（今栈桥）以西为仓储工业区。这儿，大港一带是港埠区。哦，天哪！这是集合了德意志最好的建筑学家设计出来的完美艺术品啊！"

昆祚细心地看，也由衷地说："是啊，真是太美了！碧海、蓝天、红瓦、绿树、黄墙，这简直就是一幅超级画作啊！"

叶世克说："没错，这就是一幅画！我们的建筑师、规划师们就是按照中国的风景画来进行规划的。您看看，城市中所有的山头、起伏的路面、河流溪水和道路，都完整保留、不许破坏呢！黄墙红瓦，配以蓝天碧海绿树，堪称是亚洲最美的城市了吧？"

昆祚："可是，这得花费多少钱呀！"

叶世克自豪地说："皇帝陛下说了，既然要打造殖民地的典范，无论花多少钱都值得，即便是倾我德意志之财力，也要建好青岛！"

126. 青岛村一带　日　外

德兵持枪挨家挨户威逼百姓离开。

有些老人不愿离开，被德兵架起来扔出去。

青岛村的村民们不得不扶老携幼，用胶东大木车或扁担挑起家当离开祖祖辈辈生活的地方，搬迁到德国人指定的华人区。

【远镜头】青岛村逐步被拆，到处是残垣断壁。

127. 天后宫内　日　院　内

一群百姓怒火冲天，要誓死保卫天后宫。

胡善成与阿菊安抚众人，赶往琴心道长的琴室。

128. 琴心道长琴房　日　内

琴心道长正在气定神闲地抚琴。

胡善成和阿菊急慌慌进来，胡善成："哎呀！我的琴心道长，这都什么时候了您还有心思弹琴？"

琴心道长看到二人进来，停下抚琴，笑眯眯地说："什么时候都不可扰了道心呀。"

胡善成："道心道心！等到庙被拆了，连你放琴的地儿也没了，看你的道心何处安置！"

阿菊白了丈夫一眼："孩她爹，怎么跟道长说话呢！"

胡善成赶紧道歉："道长宽恕，我也是心急乱说。"

琴心问："胡青衣怎么样了？"

阿菊眼圈一红："多谢道长记挂着，这丫头啊，也是疯魔了！自打傅二战死就没开过颜，茶不思饭不想的，晚上常一个人偷偷地哭呢，人都瘦了一圈。唉！"

琴心："唉！可惜了傅二，大好的有为青年，就这么白白为大清朝殉了命！不值啊不值！胡青衣那儿啊，多开导开导，多让她来我这儿走走，时间久了就好了。"

胡善成："我说道长啊，你没听见外面百姓吵吵嚷嚷要拼命啊？怎么还有心思说这些小儿女的事？您再不急，就算胡青衣来了，到哪儿找您去？"

阿菊狠狠掐了胡善成一把，胡善成恼怒地说："你掐我干吗？"

琴心又笑了，说："胡善人不必着急。此间事我已告知恩师，恩师心中有数，早有筹划。"

胡善成、阿菊大喜，胡善成："噢？那您快说说，一了道长怎么说？是不是召集所有的百姓围攻德督府？"

琴心："我玄门中人岂能做那些打打杀杀草菅人命的事？"

琴心从桌上拿出一封请柬递给胡善成，说："你只消以商会的名义去见德督，将家师请柬送上即可。家师自有计策，成与不成，就得看天意了。"

胡善成疑惑地说："一封请柬能解决问题？天意能靠得住吗？这能行吗？"

琴心笑着挥手说："行不行，试过才知，你们去吧。"

阿菊拉着胡善成往外走，胡善成回过头来说："道长，您可不能糊弄百姓啊！这天后宫拆了，您可以回太清宫，老百姓可到哪里拜天后啊！"

阿菊："瞧你，胡说什么呢？"

琴心笑道："胡善人放心，我不会走的。"

胡善成与阿菊出门。

129. 德督府内　日　内

亨利、叶世克、柯里门斯神父在一起。叶世克拿着一了道长的邀请函，说："亨利亲王、昆祚神父，今天请两位过来，是有件事拿不定主意。青岛商会的胡善成送来了太清宫一了道长的请柬，邀请亲王和我去做客。请问昆祚神父，一了道长究竟是个什么样的人？他这次请我们去，到底有何打算？"

昆祚："噢？是一了道长的请柬？"

叶世克拿起了请柬递给昆祚说："是的，是一了道长。"

昆祚接过来看了看，兴奋地说："太好了！能得到一了道长的支持，青岛的事就好办多了！"

亨利疑惑地问："昆祚神父，他有那么重要吗？"

昆祚："亲王阁下，当然重要了！青岛地界古时属齐地，当地人基本信仰道教、信仰神仙，而一了道长在崂山修行数十年、德高望重、修持有方，那可是当地人眼里的活神仙啊！他说句话，比官府都有用呢，老百姓信他。如果能跟他交上朋友，还担心百姓造反吗？"

亨利与叶世克对望了一眼，叶世克说："可是现在青岛因为拆迁的事闹得民情汹汹，我看这些村民看我

169

们的眼睛里都冒着火呢！一不小心可能激起民变，再来一个义勇军就不好了。这当口下，舰队司令和总督不适合离开青岛啊。"

昆祚："正因为民情汹汹，所以才是时候见见一了呢。此人极有智慧，说不定有什么高招可以化解呢。"

叶世克："那青岛拆迁的事怎么办？"

昆祚："可暂停，等两位大人从太清宫回来再说，免得激起民变不可收拾。"

叶世克沉吟一会儿，对亨利说："看来，我们得去见见这位活神仙了。"

130. 太清码头　日　外

德国军舰缓缓停靠，安孟带领全副武装的德军冲上码头做好警戒，亨利携夫人与叶世克在琴心、胡善成等人的陪同下登上码头，走向太清宫。

131. 太清宫山门　日　外

鹤发童颜的一了道长在数名侍者陪同下迎候在山门，迎接亨利、叶世克等人。

琴心道长为大家互相介绍，一了抱拳躬身，向亨利等人作礼，说："亨利亲王、夫人，叶世克大人，贫道老迈年朽，疏于应酬，今日始得一见，失礼了。"

亨利等人亦鞠躬还礼，说："道长客气了。久闻神仙大名，早就想来打扰，只是公务繁忙，承蒙道长相邀，是我们的荣幸呢！"

一了相让说："各位贵客，请!"

众人谦让："道长请!"

一了带众人步入山门。

132. 太清宫林荫道上　日　外

几人边走边聊。

叶世克说："一了道长，我的祖父非常崇拜贵教老子的《道德经》，经常督促我多读。我们的德文《道德经》被翻译为the way（道路）、virtue（德性）和classic（经典）三个词，我至今不解何意，还请道长赐教。"

一了道长说："道不只是道路那么简单，它是宇宙万物的源头，又是万事万物发展的规律。体悟了这个源头，就会明白何去何从，人生不会迷茫；把握了这个规律，不违反这个规律，做事就能通达圆融，无往而不利。这就是道。道生成天地，养育万物，又存在于天地万物之中，这个生养万物的功用就是德。所谓修道，就是遵道而行，守德而为，所有作务，不违道德。"

叶世克："如何才能不违道德?"

一了："法自然，即是不违背大道。道生万物，德养万物，纯任自然，并非有人命他这么做，这就叫自然。万物生成、繁育、死亡，道并不去主宰、占有、操控它们，这也是自然。"

叶世克迷惑不解："那，道法自然有何好处呢?"

一了笑了，说："好处当然有了。人和万物都有其习性和规律，若顺应其性而为，则事倍功半；若违背其性而为，则劳而无功。比如总督大人治理青岛，可了解青岛百姓的愿望是什么? 又想得到一个什么样的青岛?"

叶世克："我想得到的青岛，是一个繁荣、富强、美丽的青岛。难道老百姓不喜欢吗?"

一了："百姓当然喜欢这样的青岛，这是民心，也是民性，顺应它，就能治理好青岛，违背它，就会劳而无功。可见总督大人的心愿和百姓的心愿是一致的。但是眼下的青岛，老百姓为什么怨声载道、群情汹汹呢?"

叶世克茫然，问："请道长赐教。"

一了："百姓最基本的要求是要活着，是要稳定，目前百姓的心愿就是留住天后宫，安排好自己的住所，这是民心所在啊。一个好的执政者，就是要做到'以百姓心为心'，为他们提供生存居住的善政，无狎其所居，无厌其所生，自然就能够得到治理。否则，民不畏威，则大威至，总督大人和你们的皇帝恐怕都不希望再出现一个义勇军吧?"

叶世克若有所思，立住了脚步。亨利悄悄拍了下他的肩膀，叶世克才回过神来继续前行。

亨利说："道长真是智慧无边啊！我也有一个问题想请教道长，不知可否？"

一了停下脚步，饶有兴趣地看着亨利说："噢？亲王阁下，但讲无妨。"

亨利说："我们德意志有一位伟大的哲学家叫康德，他是我非常崇拜的智者，他曾经说过：'有两种东西，我对它们的思考越是深沉和持久，它们在我心灵中唤起的惊奇和敬畏就会日新月异，不断增长，这就是我头上的星空和心中的道德律。'不知这个道德律与贵教的道德有何区别？"

一了说："原来贵国也有这样出类拔萃的智者啊！贫道孤陋寡闻了。康德先生的星空，其实就是道教的天道啊。而道德律，就是道教的人之道。人道合于大道，则天下太平；人道违背天道，则天下大乱。"

亨利和其他人脸上都露出钦佩的神情。亨利说："难怪我的好朋友尼采感叹，说'《道德经》像一个永不枯竭的井泉，满载宝藏，放下汲桶，唾手可得'。"

说话间已经到了客堂门口，一了说："请各位贵客客堂用茶、叙话。"

133. 太清宫客堂 日 内

客堂内陈设极为简洁，中堂上挂着一幅"一团和气"图，两边是圈椅茶几，靠墙一角是一张书案，上面陈列着文房四宝。

亨利等人对那幅怪模怪样的一团和气图产生了浓厚的兴趣，打量来打量去，不解是何意。

一了见状，笑了，问："各位贵客，可想知道此图的来历？"

亨利说："请道长指教。"

一了："亲王阁下、总督大人请落座、品茶，容贫道慢慢道来。"

众人落座，侍者奉茶。

一了说："此图说来话长，乍看是一个和尚，细看左边是个戴黄冠的道者，右边是戴儒巾的儒者，所以又称三教合一图，乃是大明朝第八个皇帝宪宗朱见深所画。"

亨利、夫人和叶世克被吸引，重新侧头仔细打量此图，发出惊叹声。

一了继续说："朱见深少年时，遭遇土木堡之变，他的父亲明英宗朱祁镇御驾亲征被蒙古瓦剌部擒获，做

174

了俘虏。瓦剌首领也先认为奇货可居，可以不断地拿他做人质要挟明朝要钱要物，这让朝廷很为难。幸好朝廷里有一位大大的忠臣，兵部尚书于谦，他说服皇太后，力排众议，立英宗的弟弟朱祁钰为代宗皇帝，遥尊英宗为太上皇，并组织大军数败瓦剌。此举破釜沉舟啊，破解了瓦剌利用英宗敲诈勒索的如意算盘，拯救了大明朝啊。"

众人听得入了迷。

一了："这样一来，明英宗就成了蒙古人手里的一根鸡肋，所以没多久，也先就把他放了。重回北京的朱祁镇丢掉了皇位，被新皇帝软禁了起来，这一关就是七年。七年以后，朱祁镇重新夺回政权，于是当年的大忠臣于谦就成了大叛臣，被满门抄斩，制造了一个天大的冤案！

"后来，朱祁镇去世，他的儿了朱见深即位，这还算得上是一位明君，他不计较叔叔朱祁钰废掉自己太子位的过节，恢复了朱祁钰景泰帝的帝号，又要为于谦等一批蒙冤的前朝功臣平反昭雪。没想到引起了一场轩然大波！朝堂上近半数大臣坚决反对为于谦平反，造成了朝堂分裂，久议不决。

"如何化解这场朝堂危机呢？这位聪明的皇帝并没有采取乾纲独断的方法强制执行，而是采取了文人的方式轻松化解了这场危机。他连夜画了这幅图，第二天拿到朝堂上给大臣们看，大臣们传阅之后，唏嘘流涕，被宪宗皇帝的良苦用心所打动，从此朝堂一心，安定团结，成功为于谦平反昭雪。诸位可知为何？"

叶世克等人听得入迷，忙说："请道长指教。"

一了："原来朱见深这幅图画的是虎溪三笑的典故，东晋时，道家陆修静、儒家陶渊明和佛家惠远相交甚好，三人常常聚会谈玄论道。一天，陶渊明和陆修静相约去庐山访惠远，三人相谈甚欢，不觉日落西山。陶、陆二人起身告辞，惠远相送，边走边聊，不知不觉送过了虎溪桥，破了惠远送客不过桥的规矩。旁边的老虎看到了，也很惊讶，就叫了一声，三人警觉，才发现惠远送客已经过了虎溪，于是开怀大笑。这就是虎溪三笑的来历，也是这幅图的出处。

"朱见深就是用这幅图告诉他的臣子们，三个宗教尚且能够和睦相处，你等同处朝堂，为朕之股肱，怎么就不能一心一意呢？所以大臣们深感惭愧，从此朝堂安定，不再分裂，此图之功也。"

亨利、叶世克等人听完，沉吟无语。

良久，叶世克说："道长深意，我已了解。三教信仰不同、文化不同，也能够和睦共处。德意志与中国，宗教不同、文化不同，也可以互相尊重、和睦共处！"

一了、琴心大笑，一了说："总督大人能悟到此意，贫道心愿已了！玄门清贫，没有什么像样的东西留做纪念，我就以书法相赠吧。"

一了起身来到书案旁，展纸蘸墨，题写《道德经》名句"孰能浊以静之徐清，孰能安以动之徐生"，赠送叶世克。

叶世克说："请道长解释含义。"

一了说："这两句话也出自《道德经》，是说一个好的执政者既能够使浑浊安静下来，慢慢地变得清明，又能够使沉寂生动起来，慢慢地散发出无限的生机。"

叶世克心领神会，说："感谢道长赐教，我一定铭记在心，您放心，我和亲王一定将道长的意思转达德皇陛下，会对青岛的百姓有一个好的交代。"

一了作揖说："如此甚好，我替青岛父老先行谢过了。"

134. 太清宫林荫道　日　外

送走了亨利、叶世克等人，琴心陪一了走在太清宫林荫道上。

琴心欲言又止，一了问："琴心，你有什么心事？"

琴心笑道："什么都瞒不过师父，弟子是有几件事不明白，想请教师父。"

一了："哦，说来听听。"

琴心："弟子觉得，德人占我土地，虐我百姓，夺我财物，我们还帮着他们出谋划策谈论如何治理好青岛，在百姓看来是不是有通敌之嫌呢？"

一了停住脚步，看了琴心一眼，语重心长地说："琴心，你愚啊！须知民为邦本，老百姓都没了，还会有国家吗？我不是帮德寇，而是为百姓讨一条活路。出家人慈悲为怀，你可记得丘祖万里西行的初衷？"

琴心："弟子当然不敢有忘。丘祖婉拒南宋和金国皇帝的召请，以七十三岁高龄远赴大漠觐见成吉思汗，劝之以不杀，救民无数。"

一了："对呀，当时的蒙古对丘祖而言何尝不是异族敌国，但为了拯救万民，哪顾得了许多？此正是我辈楷模啊。"

琴心释然："谢师父教诲，弟子明白了。弟子还有一事请教师父，您也看到了，这些德国人平日彬彬有礼，而且极有理性，颇有君子风度，却为何同是一个人，却又残暴不仁，杀起人来眼都不眨？"

一了："你说得好啊！好一个极有理性！可记得道祖之言？物壮则老，是为不道。人需要有理性，但若是过于理性刻板，也是极端，很容易就走向另一端，反而丧失理性。所以啊，好起来是真好，若是恶起来，那也会是极恶。不像我中华，取其中道，不偏不倚。"

琴心忧心忡忡："难道青岛就这么沦为德国的领地了？"

一了："不会的！道祖说，兵强则灭，木强则折，强梁者不得其死，德国以兵强天下，此亦是极端行为，断不能久占青岛。青岛早晚会回来的。"

琴心："唉！只是可惜了傅二、姜海龙、一葫这些忠勇之士！"

一了也叹了一口气说："唉！大厦将倾，修补何益于事？该到了改朝换代的时候了。"

琴心愕然，不敢再问。

135. 青岛天后宫后院　日　外

胡善成一路小跑来找琴心道长，顾不上敲门直接闯进琴室。

136. 琴心道长琴房　日　内

胡善成闯了进来，气喘吁吁地跟琴心说："好消息啊，好消息！德皇听从了叶世克的建议，下旨保留总兵府、天后宫等一批中式建筑，也允许一部分华人商人居住于欧人区。对那些需要搬迁的百姓，先要在华人区建好房屋再行搬迁，百姓现在高兴着呢，都感谢一了道长呢。"

琴心听说，心中石头落地，站起身来掸掸衣服，遥对东方太清宫方向抱拳深躬，说："师父道高德重，弟子不如也！"

137.【历史镜头：孙中山就职中华民国临时大总统】

【画外音】1912年元旦，孙中山就职中华民国临时大总统，清王朝宣告覆灭。

138. 上海　章高元府　日　内

章高元气息奄奄，章夫人、儿子和水月，以及水月与姜海龙的孩子念青伺候在旁。

章高元问："海龙……海龙回来了吗？"

章夫人："老爷，不急，再等等，应该快回来了。水月，你去外面看看回来没有。"

水月："是。"

139. 章府大门外　日　外

大门外，水月和孩子焦急地等待。

远处姜海龙身着国民革命军军服，骑马疾驰而来。到了门口翻身下马，孩子叫着"爹爹，爹爹"跑上去。

姜海龙一把抱起孩子，关切地看着水月，问："瞧你，还用在门口接我吗？岳父怎么样了？"

水月眼圈红红的，说："父亲怕是不行了，一直在念叨你呢，母亲让我来等等你。"

姜海龙："噢？快进去看看！"

140. 章高元府　日　内

病榻前，章高元握着姜海龙的手问："你……回来了？"

姜海龙："岳父大人，我回来了。您怎么样？还好吧？"

章高元苦笑，断断续续地说："我好什么呀，我好不了了。我等你来，就是想问问，革命军什么时候收复青岛啊？"

姜海龙："岳父您放心，孙中山先生刚刚就职临时大总统，现在有太多的国政需要处理，等腾出手来，我们一定会收回青岛，收回所有的殖民地！"

章高元："那就好！那就好！海龙啊，你的选择是对的。我……我愧对青岛父老啊！等收回青岛，你替我……替我向青岛父老道个歉。"

姜海龙："岳父，您别这么说，不是您的错，是那个腐败朝廷的错！青岛父老都念着您的好呢。"

章高元气喘吁吁地说："我……我有什么好啊？唉！一世英名，毁……毁于青岛。念青……念青。"

水月赶紧把念青抱过去："念青，姥爷叫你呢。"

章高元拉住念青的小手，说："念青、念青，念念不忘青岛……"

说完，气绝身亡。

141.【历史镜头：第一次世界大战，日德青岛之战画面】

【画外音】 1914年，德皇威廉二世对英宣战，悍然发动第一次世界大战，日本借口对德宣战，出兵五万五千人攻打驻青的五千德军，德军投降，日本占领青岛。

142.【历史镜头：巴黎和会，及五四运动画面】

【画外音】 1917年，北洋政府对德宣战，成为第一次世界大战的战胜协约国之一。然而在1919年1月18日，战胜国在巴黎召开的和平会议上，作为战胜国的中国却被要求将德国在山东的特权全部转交日本。消息传来，举国震惊，各地爆发了轰轰烈烈的，以"誓死力争，还我青岛""收回山东权利""拒绝在巴黎和约上签字""废除二十一条""抵制日货""宁肯玉碎，勿为瓦全""外争主权，内除国贼"为口号的五四爱国运动。

143. 【历史镜头：中国共产党成立画面】

【画外音】 1921年7月31日，中国共产党第一次全国代表大会在浙江嘉兴南湖的一艘游船上圆满闭幕。

144. 【历史镜头：中华人民共和国成立】

1949年10月1日，毛泽东主席在天安门城楼庄严宣告中华人民共和国中央人民政府成立。

145. 【画外音：习近平总书记原音】

2012年11月29日，中共中央总书记习近平在国家博物馆参观"复兴之路"展览时，第一次阐释了"中国梦"的概念。他说："经过鸦片战争以来一百七十多年的持续奋斗，中华民族伟大复兴展现出光明的前景。现在，我们比历史上任何时期都更接近中华民族伟大复兴的目标，比历史上任何时期都更有信心、有能力实现这个目标。……实现中华民族伟大复兴，就是中华民族近代以来最伟大的梦想。……我坚信，到中国共产党成立一百年时全面建成小康社会的目标一定能实现，到新中国成立一百年时建成富强民主文明和谐的社会主义现代化国家的目标一定能实现，中华民族伟大复兴的梦想一定能实现!"

【画面显示】 随着习总书记的画外音，近年来中华崛起的画面一帧帧闪过荧幕：辽宁舰编队驶出青岛港口、建军九十周年阅兵歼-20受阅画面、天宫空间站、神舟载人航天火箭发射、C919大飞机、中国高铁、中国桥梁、中国军队，等等，最后定格在美丽的青岛市航拍画面。

（字幕：不忘初心，牢记使命!）

剧 终

图书在版编目（CIP）数据

龙旗与鹰徽 / 刘萍，高明见著. -- 北京：作家出版社，
2018. 1

ISBN 978-7-5063-9901-2

Ⅰ. ①龙… Ⅱ. ①刘… ②高… Ⅲ. ①电影剧本 – 中国
– 当代 Ⅳ. ①I235. 1

中国版本图书馆CIP数据核字（2018）第028496号

龙旗与鹰徽

作　　者：刘　萍　高明见
责任编辑：丁文梅
装帧设计：丁奔亮
出版发行：作家出版社
社　　址：北京农展馆南里10号　　邮　　编：100125
电话传真：86–10–65930756（出版发行部）
　　　　　86–10–65004079（总编室）
　　　　　86–10–65015116（邮购部）
E-mail:zuojia@zuojia.net.cn
http://www.haozuojia.com（作家在线）
印　　刷：三河市兴博印务有限公司
成品尺寸：130×185
字　　数：107千
印　　张：6.5
版　　次：2018年4月第1版
印　　次：2018年4月第1次印刷
ISBN　978-7-5063-9901-2
定　　价：33.00元